U0092429

文學生產、傳播與社會

解嚴後詩刊選題策略析論

陳謙 著

序陳謙《文學生產、傳播與社會——解嚴後詩刊選題策略析論》

吳明興

　　從詩的創作本身來看待詩的產出，不論既有的理論如何經典與不斷的被推陳出新，這屬於心靈最玄祕奧妙的語言藝術的生產活動，自疑似孔子、子夏、毛公、衛宏、村野妄人所陸續糅寫而成的〈詩序〉，乃至亞里士多德的《論詩》（古希臘文原文如此，別譯《詩論》）被提出兩千多年以來，一直到二十世紀末博德里亞以文化學視域提出「消費理論」的今天為止，仍然讓無數的學者愈看愈胡塗，愈說愈不知所云，卻又愈胡塗愈要說，愈要試圖對語言藝術的生產活動，給出名為上升到理論高度的論證模式，就像馬丁‧海德格爾對荷爾德林的詩所做的哲學詮釋那樣，並以被某種知識結構在給定論述途徑的同時所限定的思維進路，愈挫愈勇的以類宗教家擬殉道的頑強意識，不斷嘗試著在詩人創作實踐的成果上，以學術之名打造足供科研論析揀證的理論金標準，然後以長篇大論，喃喃自語的唸叨著甚麼纔是詩，甚麼纔是詩學，甚麼纔是詩學在理論上的學術研究，因此，在二十世紀的下半葉，不論東方或西方，都出現了大

量與詩學本身無關的或者僅止於弱聯繫的文化詩學理論,如維謝洛夫斯基的《歷史詩學》、王岳川的《二十世紀西方哲性詩學》、楊大春的《感性的詩學:梅洛——龐蒂與法國哲學主流》等等,可見從詩文本昇華起來的詩性魅力,已開始對詩學理論的哲學根源本身發揮反饋作用,並被更多的論域所主動接受為自身學門美學研究知識的必要結構,這在法國羅蘭・巴特正是這樣做的,因而二十一世紀的中國大陸與台灣的漢語現當代新詩學研究者,之所以要在學術的專業論域中,像撲火的飛蛾,在能指的詩文本之所指所幻化著詩人心靈幽光的黯夜裏,成羣結隊的往那上頭奮不顧身的撲去,也就不是甚麼不可理喻的咄咄怪事了。

漢語現當代新詩學,這是我不得不以權宜的方式生造出來的術語,因為有一部分在台灣用現現當代漢語寫詩的人,並不承認自己就是中國人,甚至連他們的祖先跟中國也沒有任何基因漂移上的瓜葛,而陳謙恰恰在《文學生產、傳播與社會》一書中,碰觸到了一個研究中國現當代詩學最難克服,且在理論上也最複雜的論題,在書中,陳謙以白色恐怖時代肯定要被警備總部的特務以莫須有的政治犯罪名鎖到綠島監獄的被馬克思、恩格斯將法國哲學家特拉西用以考察觀念的普遍原則與發生規律的意識形態學說,擴充為與經濟形態相對應的歷史唯物主義的重要範疇的意識形態,做為考索台灣「解嚴後詩刊選題策略析論」的下手處,而歷史唯物主義意識形態做為現當代中國政治鬥爭的思想武器,不但最終造成現代中國國體的裂解,經濟生產與調控模式的迥異,國民精神面貌的分化,現當代文化創造圖式的離析,並在漢語現當代新詩文本書寫的美學實踐上,形成一部分詩人曠古未有的從內容上或自覺或不自覺的在思想的運動形態的流向中,與過去與詩文本書寫時的自我從意識上前後判若兩人的與自我徹底決裂,且其在詩人羣體創造的意向性方面,

全都自願的或者被動的被標誌為某一意識形態的光環所圈定的風格，這可以從民國二、三十年代詩人們的筆桿子大規模轉向與政治壁壘森嚴的文化現象分明看出，即使企欲以純文藝者自居，即以為藝術而藝術而妄想自外於聯盟、路線鬥爭者，最終也會被時代的大浪潮所吞噬並最終被消音，乃至於自行折筆放棄詩的創作，進而自我汩沒詩人的身分。

自民國三十年代末現代中國國體的裂解，到當代台灣出現於經濟起飛時代的鄉土文學論戰，到後蔣時代的解除戒嚴，以及隨後終止的全世界為期最長的動員勘亂時期，到民國八十九年台灣迎來全新的政黨政治體制，到主事者自行宣布自己的國家早已滅亡，且在這個世界上根本就不存在，並為建立另一個空想式的國家，而日以繼夜的從已經被自己用口水消滅而在實際上並不曾被消滅的國家川流不息的貪污，而這一切又都是誤用意識形態派生的產物即獨屬台灣特有種的民粹主義，再一次從政治路線與族羣內部進行自我切割的歷史複製與權謀操弄，因此，我們可以清楚的看到，從後蔣晚期，台灣詩人羣體再一次勇於內鬥的圖景，並造成原本是朋友的詩人之間老死不相與聞的特殊的文學史奇觀，於是對詩刊專輯「選題策略」的各式編輯思維的考察問題，便也就跟著意識形態的折衝而著浮現出來了，問題是這樣的「策略」，是否即是某種政治思想指導下的產物，顯然有待研究，因為這一現象的發生發展，既無前期的左聯組織那樣旗幟鮮明去為特定的意識形態效命，又無某種公然要求詩人調轉筆鋒去各為其主而進行思想與精神殺伐的文藝政策的提出，但在創作的體現上，我們卻分明看到了兩相對陣的壁壘，即統派與獨派的詩學路線，有著鮮明的自行依附在詩人心中所判定的政治意識形態的鬥爭根據，這可從詩人對二十世紀末與二十一世紀的當今的台灣政治的不同意識形態以詩創作去為之張目的現象

看出來，但必須注意的是，這種失格的依附往往帶有隱藏性的利益訴求，如為政客寫選舉詩歌而競折腰，從而把本具藝術獨立創作精神的大雅詩國，矮化為政客掠奪選票的私利附庸，以致出現詩創作一再逸出詩美學的異化現象，是特別需要繼續研究此一論題的學者，去進行必要的揭顯與描述，然後回到詩學的論域中，去建構政治意識形態與詩創作在傳播學意義上所可能被開顯出來的社會效應的真實圖式究係為何，亦即從現象論證本質的命題，該根據怎樣的前提與論式去撿證，方能表述詩的精神性的真實。

做為詩人的陳謙，自有自家詩美學的本真特質，體現在他已出版的六本詩集之中，可供讀者直接面對文本去遂行獨具個性化的審美鑑賞。做為學者的陳文成，正學著以學術專業的諸種方法論研究漢語現當代新詩學，而這本《文學生產、傳播與社會》，可以說是陳文成第一次嘗試著用理論去清理當代台灣新詩學的局部面向的第一塊基石，並且一下手便找了一條最難耙梳的路，這讓我既不免驚心，卻又衷心讚歎他的勇氣，如果陳文成能以此為基，以台灣漢語現當代新詩學做為未來主要的學術志業，那麼，我深心期望，因近在眼前以致形影模糊的台灣漢語現當代新詩學現象學，在經過他置入詩學史長河去考索的眼光下，必能早晚將其本質以與之相適應的理論予以廓清。

民國九十九年四月二十七日長沙歸來時序於台北

◎吳明興，詩人，佛光大學文學博士、湖南中醫藥大學醫學博士候選人、玄奘學術研究院佛學博士研究生、南華大學宗教學研究所碩士，現任瑞士 European University 中歐標竿學院文化創意產業管理講座教授、聯合知識百科漢學顧問。

早生華髮，煎熬詩心

顧蕙倩

　　1953 年「現代詩」在詩人紀弦的狂熱鼓動下正式創刊，1956 年元月「現代派」的成立，造成詩壇空前的高潮，儘管之後詩人或研究者對紀弦於現代派六大信條的諸多論點頗多微詞，但揆諸當時詩壇現象，紀弦以發行《現代詩》揭櫫其文學思維，並特別強調西方文學思潮的效習與影響，至少使現代主義在台灣詩壇風靡近數十年。

　　1960、1970 年代隨之而起的新興詩社如藍星、創世紀、笠等詩社，至今對台灣詩壇仍有深遠的影響力，甚至可以說，這些詩社的歷史無疑正代表了台灣詩壇的發展動態。然而為何 1980、1990 年代興起的詩社詩刊如浪潮洶湧般明顯增多，現代詩壇已由初期拓荒階段逐漸開花結果，如今審視之，繼續耕耘詩壇的詩社詩刊卻屈指可數呢？即使在解嚴之後，現代詩壇因為傳播媒體的自由化與多元化而更加百花齊放，但到了二十世紀末至今，反而呈現出詩刊詩社的急遽蕭條與表現意識的模糊與曖昧。

　　詩人陳謙與出版工作者陳文成在這本書中藉著對解嚴後詩刊的「選題」策略加以剖析，他指出：選題策略中，詩社從意識型態到詩美學之呈現，以及環境變遷與詩刊角色扮演的之關連性，

背後皆有典律建構的實質考慮。可見得不論是寫作者或是出版傳播者,在選題時不免為了擁護一己的意識型態,進而想要影響他人,都會做出權宜的選擇策略,這些見解,似乎幫我們解決了若干的疑惑。

本書原為陳謙就讀南華大學出版所碩士所撰寫論文《解嚴後詩刊選題策略之研究》改定之作,並將書名改訂為《文學生產、傳播與社會:解嚴後詩刊選題策略析論》。顧名以思義之,陳謙將研究角度集中在文學生產者、傳播者與社會所屬的所在環境。這也提醒我們,對台灣現代詩社詩刊的窺看與解讀,當不能只從數量或影響力視之。

從文學社會學的角度檢視詩社性質,可知詩社不僅是一群愛好文學者的結合,更是「社會力」的凝聚。詩人憑藉個人不能完成的事,可以透過「結社」來完成,所以「詩社」必然或多或少都會受到時代環境的影響。至於詩社運作過程對社會的變遷如何調適與變通,這就需留待每位參與詩社的詩人敏銳的思索了。基本上,隨著傳播媒體的快速輕便,屬於心靈層面的文學作品也必然會傾向快速輕巧的發展形式,而詩的特性不也正符合如此型態嗎?詩人大可不必為詩刊預先設定廣為流傳的媚俗路線,如何消化傳播媒體的「毒藥」,又能保存詩的的「精純」特質,才是鍾情於詩社詩刊者所應深自思索的問題。

陳謙攻讀文學博士三歲有餘,寫詩歲月已近三十年,難得的是,其能一本對創作現代詩的初衷,一邊行吟詩海養詩文,一邊隱身江湖觀社會,品味人生旅程的苦辣酸甜之餘,還能重回校園,歷經埋首書海,皓首窮經,以至四十初度已早生華髮。而今能將其隱身江湖的出版心得與豢養詩心的不悔堅持,加以學術思維的整合,

相信這不但是陳謙人生進程的一大步，更會是台灣現代詩壇的重要
指標，是為序。

2010.4.4　寫於北投

◎顧蕙倩：佛光大學文學博士，曾任中央日報副刊編輯、新觀念雜誌
　採訪編輯，現為國立師大附中國文科專任教師，銘傳大學應用中文
　系助理教授。

目次

第一章
緒論

1.1 解嚴後的多元環境

　　1987 年 7 月 15 日，台灣持續近四十年的戒嚴解除[1]，此一同時，透過政治上的變革導致思想上的解放，一時之間眾聲喧嘩，各種自由言論不絕於耳。1988 年報禁解除，是時國民所得達到一萬美金的台灣群眾，終於嚐試享受了所謂百分百的言論自由。

　　解嚴後的台灣出版品呈現空前的多元狀況，以往難以碰觸的議題如政治、性別禁忌、本土關懷等等都成為出版的熱門選題。

　　就文學出版而言，「解嚴最後十年的文學生產力，幾乎可以與戒嚴三十餘年的文學成就等量齊觀。」（陳芳明，1999：171），這句話的真實性或許值得商榷，但多少顯現了出版活動在文學這個領域活絡的程度。

　　相對於文學出版總體的熱絡，代表著菁英文學的詩集與詩刊出版，會是什麼樣的情況呢？

　　事實上除了席慕蓉的《七里香》（1985）、《無怨的青春》（1986）從解嚴前一路延燒而來之外，只有零星如余光中、鄭愁予、楊牧等人出版的詩集有較佳的成績。

---

[1] 　台灣省警備總司令部以維護治安為由，自 1949 年 5 月 19 日宣布實施戒嚴，限制人民言論、出版、集會、結社等自由。

1

詩集銷售慘淡，而作為詩文學運動核心的詩刊更是十足的票房毒藥。一般通路皆以發行、人事場站費用不符作業成本婉拒門外，只有少數學術性書店型態的圖書物流，如唐山、書林、或純文學出版社如九歌等有接手意願。新興詩社或不定期出刊的詩刊，則通常採取「單點寄賣」方式委託販售。吳明興（2004）憶及當初接編《葡萄園》的同時，「從全臺灣的高等教育中樞，臺灣大學、臺灣師範大學的軸線開始，抱著已經出版的詩刊，風塵僕僕的找書店寄賣，騎著腳踏車，一家找過一家，在持續的找尋中，終於找到願意幫忙賣詩刊的書店，條件卻也簡單：賣賣看！那種被市場可能接受的喜悅，可以說比現在中了八億的樂透更有過之而無不及」。

流氓教授林建隆曾戲稱：詩就因其沒有經濟價值，所以無法被資本主義收買（林建隆，2002：64）。也正因為如此，詩才得以於今日還能保有高度的純粹性與理想性格，完全排除市場的考量，當然，詩刊的出發點也並不從市場開始。際此，詩刊事實上無法在一般市場上被有效地消費，既然無利可圖，詩人為何仍願自掏腰包，藉由刊物企欲展現什麼的意圖呢？

這是個有趣的問題，顯然詩人有其他更為深刻的理由，才會貼錢辦詩刊，而且無利可圖的情況下，每期還得貼個幾萬塊錢印刷費或不少郵資。（張國治，2004；吳明興，2004）

台灣發行三十年以上的詩刊且目前尚在發行的就有五家[2]，1949 年迄今創辦的詩刊更達一百五十家之多，雖然新興詩刊猶如熱情的燔燒，有人熱力十足，但絕大多數一如飛蛾撲火，在時間的長河裡，只在短暫的轉瞬間便灰飛煙滅。儘管如此，走過的還是會留下些許蹤跡。

2　分別是《藍星》（1954 年創刊）、《創世紀》（1954 年創刊）、《葡萄園》（1962年創刊）、《笠》（1964 年創刊）、《秋水》（1974 年創刊）等。

　　本書藉以開顯的，正是在文學生產作業下，詩刊的選題策略，並探討刊物出版的核心價值與環境、社會變遷的關連性。選題策略是一種主題顯現的過程與步驟，在華文出版學發達的中國稱之為「選題策劃」，聞潔（2000：4）認為：任何一個企業要想取得成功，首先需要分析和判斷自身那些優勢資源和能力構成企業的核心競爭力。詩社雖然不是企業組織，但透過SWOT（優勢、弱勢、機會、威脅）的分析，亦可辨別自身在眾多詩刊中的優劣位置。

　　詩刊雖非營利的媒介，但發展、財務、人力資源的運用乃至於行銷到生產作業上的生成與發展，亦值得本研究加以探討，藉由科學管理的角度，去匡正文人一向隨興的習氣。讓「文化是好生意」[3]，不止是一句口號，而正是可實踐的方法。詩刊行銷經常不是詩刊創刊首要得設想，但好的行銷方法，亦使得刊物經費無虞，一如目前訂戶達二百多位的《台灣詩學學刊》，在「人際行銷」（須文蔚，2004）推廣上成績令人不可忽視，其實這也是它們刊物得以永續經營與生存的機會。經費對新興詩社而言，常是休刊最大的因素。掌聲不斷的《曼陀羅》，也在發刊至第10期時，以財務為主要因素，無以為繼。

　　五四以來，詩學自有其獨立的美學精神，但仍與意識型態的運作一直密不可分。然而在「大敘述」（grand narrative）一言堂式的神話業已崩解的21世紀的此刻，藉由意識型態的內裡個自「文化霸權」（culture hegemony）的暗自角力，詩作呈現的，亦是一片繁花盛景，展現出蓬勃的生命力量。至若詩刊，在新世紀的當下，大體來看，並沒有過於出色的表現。

---

[3]　《文化是好生意》，馮久玲著，2002年臉譜出版。強調文化是最好的創價資本，它的功能性，建立在品牌的價值上。

　　馬克思認為，在一定的歷史條件下，經濟力量透過各種社會經濟過程最終決定了「意識形態的上層建築」（鄧志松，1998），看來馬克思所強調的經濟確是資本主義關鍵的生存因素，在詩刊出版上雖有影響，但不是絕對因素。王乾任（2002：9-10）就指出，圖書的撰述者、內容、行銷與編輯等，都與社會條件有一定程度的連繫，書籍出版自然不能自外於社會環境而獨立存在。

　　解嚴提供了出版品絕佳的外緣因素，致使創作者如脫韁野馬似地奔跑向前。詩人寫詩不能孤芳自賞，必須透過有效的媒介予以傳遞訊息，做為小眾菁英媒介的詩刊於是擔負起這項任務，而做為詩刊守門員的編輯人，他們的選題策略實則主導了整個詩學運動或整部文學史的流變與方向。

　　綜上所述，本文之研究目的有三：

一、調查研究解嚴後詩刊出版之選題決策發展與經過。

二、研究選題策略中，從意識型態到詩美學之呈現，以及與環境變遷之關連性。

三、描述解嚴後詩刊出版現象，探討文學刊物同仁，一種近乎非營利組織成員與編輯人員的核心價值、觀念，以及他們對於文學傳播面對市場的同時，積極的與消極的態度和行動。

1.2 文學與社會

　　本文的研究範圍在地域上以台灣地區為限，至若時間區隔則以解嚴後到 2004 年為參考點。但是在論述的過程中，基於個別歷史傳承上之考量，亦援引部分超過時限之作品、資料或評文，以確認前後因果的傳承關係。

在取樣（sampling）上，以詩刊詩作以及與刊物發展相關之文字為主，至於其他媒介如報紙、文學期刊、專書、網路資料等，則擇取有助於本論文進行之有關的參酌資料。

基於藝術作品反映的不僅是其隸屬的社會及歷史環境，同時也是社會和歷史環境共同的產物（黃光男，2004）。是故，本文的理論基礎，偏重於社會學的研究方法。

何金蘭在《文學社會學》中指出：

> 在所有的文學現象中，社會都佔有一個不可或缺的地位。文學產生之先，社會早已存在，作家無可避免地要生活在社會裡，為社會所制約、限制、影響；作家總是努力反映它、解釋它、表達它、甚至設法改變它，社會也存在於文學之中，我們可以在文學作品中看到它的存在，它的蹤跡、它的描繪；社會更存在於文學之後，因為文學作品要有讀者、要被銷售、要被閱讀、要被接受。（何金蘭，1989：3）

是以文學與社會關係如此密不可分，筆者的關切與好奇，亦建立在此一論點之上。

然就出版學的角度來看，詩刊在編輯、印刷、物流發行上同樣有其探討空間，本文也將從編輯選題出發，論述中亦將及於行銷與印刷讀本的生成與作品成果的演進與展示。

在研究方法上，除了上述援引社會學及出版學的理論基礎外，為補足文獻的多所欠缺，本論文亦採取結構式的深度訪談法，訪談解嚴後諸多位居要津的詩刊編務負責人，他們多半在實際選題上有深入的參與，對於缺乏系統基礎的詩刊文獻而言，極富意義和價值。

拉斯威爾（H. Lasswell）的「5W」之傳播公式，其實正說明了詩刊在傳播循環中另一種積極的意義，即：

誰（who）→說什麼（say what）→透過什麼管道（In which
chamel）→向誰（To whom）→產生什麼效果（with what
Effect）？

透過此一傳播的運作模式，將有助於我們釐清詩刊彼此各行其
道，又彷彿隱隱擁護著自身價值核心所在的本質現象。

詩刊間的競爭多半是選題上的爭逐，此間展示著彼此的意識型
態與詩美學，透過本文的析論與問題意識的提問，相信更能清楚一
探新世紀詩刊出版的方向並作為指引的參考。

1987 年戒嚴解除，一直到 1994 年底陳水扁當選台北市長，1998
年蟬聯失利，1999 年以近四成的得票率險勝分裂的敵對陣營（宋
楚瑜和連戰），2004 年再以五成的票數當選連任，台灣政治板塊由
穩定趨於錯動的現象，開始在天秤的兩端搖盪了起來。縱然如此，
顯現在文學運動的，尤以解嚴初期最為劇烈。

這個大轉捩，標誌出的是 1980 年代台灣歷史的重寫，影響所
及，整個社會的政經系統與文化傳播系統均受到相當衝擊。現代詩
作為文學書寫中的一個類型，或先鋒部隊，以及文學書寫作為傳播
體系中的一個單元，自然不可能不受衝擊。（向陽 1997：67；白靈，
1994：3）。

而選題企畫中，事先的籌畫成為決定性的一環。什麼是企畫編
輯呢？

企畫編輯是媒體運用其創造性的策略聯盟，由媒體守門人
（gatekeeper）提出書寫的規劃與進度，透過文學獎、邀稿、出版
企畫等文學活動形式，促進文學傳播的活絡。通常文學媒體企劃編
輯的近程目標是就完成的文學著作，在期刊、副刊或網站、叢書中
進行規劃；而企畫編輯的遠程目標，則是希望透過守門人與作者的

合作與互動，讓作家的才華能發揮得淋漓盡致，進而倡導文學創作風潮（Gross，1993；林淇瀁，2001；須文蔚，2003）。

　　選題策略一直是出版者最為重視的核心價值。書籍更因為有了實質內容之後，書才有了典藏的意義，進而獲得知識傳遞的價值，否則書上的文字就形同於廣告文案或商招的單純訴求而已了。

1.3 本書架構與章節安排

　　本研究從文學社會學的觀點出發，透過分析文獻，整理描繪詩刊外緣現象及其選題策略上的核心價值、步驟的施行，乃至於主題提示與隱含的意義。

　　戒嚴對於人民思想形成的影響趨向頗為深遠，它無疑限制了若干的自由度。解嚴後意味著多元與開放，雖然任何一個書寫的文本，強將主義如緊箍咒般套上去，有著武斷的危險，但本研究之所以採取分類的型態，仍是基於比較、析論上的整合所需，本研究的收訪者，多數亦不認為其遵循著個別的主義為中心，來篩選詩作。（吳明興，2004；張信吉，2004；張國治，2004）。

　　詩社為一非營利單位，詩社發行詩刊有其主客觀必要的考量。本研究對詩社的發刊動機亦作了動機上的剖析，期能正視每個詩社論述權力相加持的社群背後，其各自的生成及演化意義，乃至於深層的意識結構。

　　本研究的章節安排，第一章為緒論，討論本研究的研究動機、目的、運用的理論基礎，研究設計的架構。

　　第二章則就社會學的觀點討論詩刊出版現象的意涵，從意識型態的光譜展開，析論選題的立場，詩刊場域等論述，並提列與本研究相關的文獻以為例證。

　　第三章則以主題類型與社會變遷的關連性相互為用，藉由作品的展示、發展、演變，呈現出情色詩到女性詩，政治詩到後殖民詩，都市詩到後現代詩，以及網路詩與資訊社會文本上的個別呈顯與發展。

　　第四章則分為「現代主義詩學」、「古典主義詩學」、「寫實主義詩學」、「後現代主義詩學」四部分，希望藉由詩美學的開展、描述影響選題的因素、核心價值？什麼人辦什麼樣的詩刊？還有他們在文學傳播行為背後，隱含那些權力的企圖？

　　第五章則為結論，綜述本研究的結果，研究建議與研究上的限制。

第二章
詩刊出版現象的意涵

「藝術是有意味的形式」，克萊夫‧貝爾（Clive Bell，1991：52），在《藝術》這本書中明確指出文學與藝術的共通原則，人們藉此前往探求某些內容和形式的排列與組合，因而產生所謂：美學，亦稱作感性之學，而文學不等同於論述或文案，透過感性的傳染力，以出版型態傳播其影響力。

詩刊的出版，正是上述「有意味的形式」的具體展現，而在思想的源頭，詩人們各自據有一己的意識型態，透過意識型態的生成與凝聚，以文字作為工具，從而展現在文字的場域。

《毛詩大序》提到：「詩者，志之所之也。在心為志，發言為詩，情動于中而形于言，言之不足故嗟嘆之，嗟嘆之不足故詠歌之，詠歌之不足，不知手之舞之，足之蹈之也」情動于中而形于言，透著嗟嘆歌詠而成為詩歌，即口傳文學，若再配合手舞足蹈就等同於歌舞。

朱子在《詩經傳序》裡更把詩的起源做了說明：「人生而靜，天之性也；感于物而動，性之欲也。夫即有欲矣，則不能無思；即有思矣，則不能無言；即有言矣，則言之所不能盡而于咨嗟嘆之餘者，必有自然之音響節奏而不能已焉，此詩之所以作也」。性之欲也，透過文學的表達，可以透視人性深層的欲望，中西藝術文學實為殊途同歸，透過藝術形態的表達，都以完成心中的塊壘進而感動他人為目的。

　　鍾嶸（468～518）提到詩經的寫作動機，曾以「緣於哀樂，感事而發。」來表示。詩的出發動機單純，但詩一旦成為文學的一種型態，一經發表而成為社會的公器，仍必需透過有效的載具使其完成。

　　姚一葦（1985：15）認為提供一個可理解的，可鑑賞的形式，讓人們感受它，且具有普遍客觀性，就是藝術作品與心靈互通最奧秘的所在。朱光潛（1984:41-50）則以為文學是一種外射（Projection）作用，是人們理性與感性交溶所呈現的「移情作用」。且更需「體物入微」，設身處地的感受並分享其中人物的生命感受與歷程。

　　據上所知，詩人選擇詩刊做為傳播工具，詩興起於情感，成為一種對現象觀察的還原，詩人以直覺入詩，「在進行觀察時，在虛構的想像中，跟隨想像世界的真實事件的演出。」（Edmund Husser，1996：89）

　　本章將就意識型態是什麼？解嚴後選題的徵候、組織發展與選題策略、詩刊權力的論述場域等四個單元，分別就「意識型態的發展」、「世紀末詩社、詩刊的特徵」、「決策機制與取向」、「詩刊與發表」等主題進行討論。

2.1 意識型態是什麼？

　　馬克思以為：意識型態其實是「宰制一個人的精神或一個社會的觀念和展現體系」（L. Althusser，1990：15）的最佳表現。人類學者潘乃德（R. Benedict）則認為，人類行為模式泰半出於文化的制約，亦即一群人所共有的觀念與準繩，透過此一模式的傳承，人們據此為思考中心，用來觀察並解釋此一世界。（R. Benedict，1976：28-32）

　　柏拉圖於西元前四紀初期，集神話與當下歷史為素材，建構其「理型世界」（ideal）可視為意識型態極端化的首次理念表現，並以為：英雄頌歌與史學的發皇，更據此為出發點。

　　而意識型態正因其有世界觀與歷史觀，乃已具備一個自我解釋的圓融世界。表現在宗教上，一如任何宗教都想要征服世界一樣，任何一種意識型態都有讓他人向自我臣服的意味，而在政治的表現上，以馬克思表現得最為激進。（沈清松，1992；陳錦芳，1999：203）

　　意識型態之於馬克思，主要有兩方面的意義：一是強調意識型態與唯心主義（idealism）相互聯繫，並於明白揭示與唯物主義的立場大相逕庭，其二，意識型態與社會資源暨權力的分配不均亦相互聯繫。（David McLellan，1991：15）馬克思早期著作中之論述據此而成，雖然他對意識型態之評論多為順便帶到，但對於後續研究者卻有著清晰的輪廓指引。

　　從唯心主義的觀點來看，不論是主觀或客觀的存在，皆以精神決定物質為前提，而唯物的精神恰恰與此背道而馳。而不論唯心唯物，馬克思取法宗教家如耶穌、釋迦等觀念，言明世界只有一個，而地球上的所有人類成了不同意識型識所積極爭取的對象，若要讓自己的意識型態勝利，免不了排擠他人，爭取更多人的信守。（沈清松，1992；陳錦芳，1999：204；俞諧，1981：369-371）

　　「我們知道，意識型態是指一套思想體系或觀念體系，用意在解釋世界並改造世界。」（周慶華，2003：104）。長於文學理論的周教授借用馬克思的神髓，思辯出文學社會學的企圖。這句話十分具體顯露意識型態的本質與功能，相當於「集體的社會理解」。（Hall，1990：69）意識型態企圖透過傳播媒介去影響並改變他人，而其背後的體系是龐大甚至是系統化的。

　　而意識型態常常是作品生成前作者經營的起點，藝術作品以外在形式承載內容或思考，不論其表現形態為舞蹈、繪畫還是歌詩、小說等等藝術類型，藉由作品可表現出作者深層的意識型態，且賦予意義，應無疑義。孫中山先生說過：「主義是一種思想、一種信仰，更是一種力量。」主義事實上既是意識型態的化身，思想與技巧在藝術上兩者關係合而為一，缺一不可。

　　意識型態有先天的排他性，但在面對自己的同時，往往又放大自己的優點，隱匿自己的缺失，這本是藝術上取是捨非的先驗（A priori）所在，在光譜的兩端雙方始終自吹自擂各說各話，無非是希冀獲的更為廣大群眾認同的積極表現。隨著後現代的多元社會來到：價值上也呈現更多的歧見。潘乃德就指出，人類生活制度雖形成於生理或環境的需求，但兩者的相互交鋒，造成我們在適應上顯著產生困難。當高離婚率、性開放、宗教不再是專擅的神權的同時，我們必然將其納入我們的思考中，對於變異與歧異必須寬容地認定。（R. Benedict，1976：96-48）

　　認識自己的意識型態並推廣或鞏固它當然重要，但也必須體認別人的意識型態一樣有其價值。21 世紀來到了，作為世界公民的我們，相信這更是必修的課程了。

　　意識型態存在於每個人生活的文化內裡，當我們學習它、架構它、調整它的同時，對於與我們相異的聲音，其實，更值得我們聆聽，並且取其長處，學習、或尊重它。

2.2 選題策略與發展模式

　　策略一詞最早可能延用自軍隊的術語，在中國經常以戰略來統攝它，究其涵義：「是指需要達成的目標或使命，所需的行動方向與資源的分配」（張志育，2002：202）。

　　行動方向為一連串的步驟，可包括分析當前情勢，決定策略，將策略付諸行動，並在需要時加以評估、調整、改善，它的基本程序，可透過管理的概念：計劃、組織、領導及控管來達成。而策略性的管理與其他管理型態有三項較大的差異：

　　1.策略性管理著重於組織與外在環境之互動。

　　2.策略性管理強調組織內部各部門的整合與互動。

　　3.策略性管理注重組織未來的方向。（Coultpr，1998：8-9）

　　就 Coultpr 的三個面向而言，可說是掌握了組織靈活善變的風貌，對於市場也存在著良好的互動。霍而格貝姆（Holger Behm，1998：25）認為一般的出版策略大致要先考慮四大問題，那就是：第一，出版單位擁有那些資源和能力；第二，明確的目標讀者；第三，有那些通路可作銷售；第四，分析市場的競爭優勢和劣勢。

　　認真來說，解嚴後詩刊的策略型態，綜上述而論，詩刊顯然在第三點最弱，而第四點的 SWOT 分析，通常被刊物執行者將「市場」改為「選題」，只關心製作的專題能不能擲地有聲，得到迴響。關於第二點，所謂目標讀者又常常也是寫詩的人，至於本身的資源與能力，一般編者皆認為刊物本身的「作品價值」就是最好的場域能力或影響力的展現了。（張國治 2004；顏艾琳，2004；林盛彬，2004；吳明興，2004）

　　本研究得知，元老詩社在企劃選題上較為保守，新興詩社則較為活潑，但元老詩社由於財力較新興詩社雄厚，故能維持出刊於不墜，反觀新興詩社暴起暴落，常常是一時興起，在面對媒體分眾化及財務困境下經常打起退堂鼓，《曼陀羅》的停刊詞，是詩壇少見的文獻，因為多數詩刊的停刊或休刊均無預警，或說不玩就停辦，當然也造成少部分訂閱者權益受損，投訴無門，只能苦笑，這也是造成新興詩刊訂戶不多的原因之一吧。

　　而現階段詩刊的發展，除了刊期較長的五大詩社之外，集合國內大專院校文學院教師為主幹的《台灣詩學季刊》，似乎有意主宰文學論述的解釋權，他們以優勢的學者團隊及其理論基礎介入創作的評析，其中亦不乏線上的詩人。而出刊平穩，老成持重，一直是刊期達三十年以上的元老詩社保有的慣性作風，然高齡化及詩刊的僵化，亦是這些自命為詩史傳承者所該面對的共同的另一個問題。

　　然而，什麼是正確的選題工作呢？在中國，選題工作一直是出版者核心的價值所在。他們相信「選題的競爭是出版業競爭的焦點」。（李海昆，1996：76）李海昆將選題決策區分為「經驗決策」與「科學決策」兩種，經驗決策偏重於直覺，為編輯人多年來累積的豐富工作經驗據以比較、分析所得之判斷。科學決策則需應用大量的統計（數字）手段，制訂程序模組，決策程序為：依選題估計銷售潛力→獲利與成本預估→計算最佳印刷數量→定價策略制訂→行銷成本或媒體購買→決定出版（李海昆，1996：76-85），等等。

　　就決策機制而言，台灣出版企畫的觀念自戰後可分成三個階段[1]四種類型[2]，對照詩刊傳播來看，似乎只在「出版者為中心」的地方停留。

　　以出版者為中心，以詩刊而言，在乎的是該守門人，「決定傳播什麼和怎樣傳播」（Ray Eldon Hiebert，1996：17），其間注重的包括意識型態與詩美學，輕忽的，則是市場了。但很不幸，市場的所得或資金來源，卻常常成為年青詩刊是否繼續出刊的關鍵（張國治，2004；顏艾琳，2004）。

　　場刊與市場交惡？多半來自於詩刊本身其實並不把市場當一回事，甚至還認為被市場青睞，不免被低俗化，一如席慕容現象一般，而忌諱成為孟樊所謂的「大眾詩」。嚴忠政（2004a）則對此有較正面的看法：「投稿者如果仍對詩刊寄予厚望的話，那無非是詩刊在選刊詩作方面的『專業性』，這一點是可以不受到『以消費為導向』的牽制的。不被消費導向所牽制的結果，詩可以前衛、可以實驗，也可以純粹只為詩人相互間的作品集結。」

　　詩刊通常只在詩人間流傳，似乎在一開始選題時，便表現出此一態度。目前雖已進入「以市場為中心」時期，但詩刊無視市場的存在，常感經濟困難，是常見的事。有無意識到自身問題的存在呢？答案恐怕是大多數企畫與編輯者只基於編輯的立場，就算有感於市場的風向，但多數亦存而不論，或還未知覺到這個問題呢。

　　什麼是決定決策的因素呢？Stephen J.Hoch 認為興起於「直覺」，以下圖表可見決策的三個階段：

---

[1]　丁希如（1999）認為，自戰後至今可依企劃編輯觀念的不同，共分為以書稿來源為中心、以出版者為中心、以市場為中心三個階段。

[2]　吳適意（2003）則將編輯決策風格區分為「分析型」、「概念型」、「行為型」與「主導型」四種。

表 2-1　決策的階段

決策活動	適用的方法
鑒別相關屬性	直覺
評價每一屬性水平	直覺
綜合個別的屬性	模式

資料來源：（Stephen J. Hoch：90）

　　根據表 2-1 所示，決策的模式興起於「相關屬性」的判定，然後針對每一個別屬性的標準做出裁定，以上皆屬直覺階段，對詩刊來說，則仰賴刊物守門人的專家判斷。藉以糾集更多「相關屬性」的作品，而形成第三階段的「綜合個別的屬性」的「模式」運作。

　　《曼陀羅》即是在商業機制操作下，於行銷上可圈可點的一個例子。他們不忽略市場，市場自然面向他們而來。他們積極向業界異業結合，如文法印刷提供部分美術用紙，向五更鼓、誠品書店等廠商請求贊助或助印，然而這些「打一槍換一個地方」、「各自為戰」（張豐榮，2002：36）的做法雖然積極，但卻需要更大的持續性。

　　須文蔚（2004）並指出文學同仁刊物企劃編輯的類型，計有：

　　1.專題編輯企劃
　　2.出版與跨媒體整合企劃
　　3.活動與事件企劃
　　4.媒體公關企劃

　　以上這四個類項，似乎可以概括選題策略的相關發展，我們也將就這個框架出發，其中尤以「專題編輯企劃」最受編輯人員重視，詩刊亦以此為發展核心，整體展現其個別意識型態與詩美學。須文蔚（2004）認為，「專題編輯企劃除了將構思具體化成種種步驟外，

16

表 2-2　決策的方法

東方的思考方法	西方的權宜之計
深思熟慮	權宜之計
長期（權衡的觀點）	短期（短視）
冷靜的心態	情緒化心態

資料來源：（Stephen J.Hoch：100）

更有提升內容深度，與切合讀者需要，引起讀者興趣，並塑造刊物風格的用處」。

　　而專題編輯企畫的形成，常有其長遠的考慮。根據表 2-2 決策的方法可以知道，東方民族由於傾向於長期權衡的深思熟慮狀態，常形成帶狀的思考方式，重視歷史意義與價值，成為詩刊在專題企畫編輯中著重的事項。

　　解嚴後詩刊多仰賴主編或總編一人獨力完成，尤其是詩社達二十年以上的高齡詩社（張默，2004；吳明興，2004；林盛彬，2004）同仁加入組織最大的義務在於同仁費的繳交，同仁費成為出刊或活動經費最大的來源。許多年輕詩社有聯合審稿的權宜方法，藉以活絡詩人的參與與情誼。（顏艾琳，2004；嚴忠政，2004；張國治，2004）

　　詩社多為鬆散組織，無具體性的強制性規範，許多組織有名無實，一如筆者曾擔任《笠》詩社編輯委員（1997 年 8 月至 1999 年 9 月），二年間幾乎未開過會，亦無任何工作分配，形同虛職。主要工作仍落在主編或社長身上。所以，詩社組織發展模式形同死水，人員上下交流頻率過小，成員加入詩社，又常常因為刊物選題與自身寫作風格或背景相接近，或對刊物「典律」的認同吧。

2.3 解嚴後詩刊的生成背景

　　二次世界大戰後四十餘年，要以解嚴後這十幾年的變動最富戲
劇性和關鍵性。短短數年間，台灣歷經了哈雷慧星來訪（1985）、
解除戒嚴（1987）、黨禁報禁解除、蔣經國去世（1988）、開放大陸
探親、天安門事件（1989）、東歐共產各國骨牌似倒臺（1989）、民
主女神號事件（1990）、主流派與非主流派政爭、伊拉克侵科事件、
德國統一（1990）、最近蘇聯的解體（1991）、以及金錢遊戲極端盛
行（1989～1990）等等波瀾直接或間接的衝擊。（白靈，1994：71）

　　白靈以「致命的吸引力」形容這股生存上的壓力或說是鮮活的
生命力，詩人在書寫的同時一樣倍感抑鬱，一枝等待發抒的筆彷彿
也隨著解嚴而更加自由海闊天空了。詩人以文本（text）輕扣詩刊
守門人（gatekeeper）的審查大門，詩刊雖是同仁制，但有趣的是
大家都以「走出同仁詩刊的侷促」（向明，2004；張信吉 2004）為
發展的目標，一些從校園崛起的詩刊如《草原》、《南風》及近期的
《植物園》等，也都據此為目標。李瑞騰（1997：7）曾說明：詩
論爭奪史的中心形成於詩社各自生成的典律（canon），亦即詩社共
同奉行的文學標準及實行理念，詩刊守門人自然成為典律當然的執
行者，將主導之刊物典律化（canonization），解昆樺就表示：「典律
的審核者所預存的文學藍圖，他透過審核文本的種種手段……甚至
可能大到是一個政府機構。（解昆樺，2004：24-26）此解與「意識
型態的國家機器」透過警察、監獄、法庭來完成鎮壓的意義，相去
不遠。

　　林燿德形容 1980 年代為不安海域，便指出：「80 年代前期，
詩壇備受各種思考模式和意識型態之交互激盪，猶如一方不安海

域，暗潮洶湧、明浪飛騰。就台灣現代詩現階段發展而言，誠為一大反省、大檢討之時代。」（林燿德，1991：1-31）其五項徵候分別為：

1.在意識型態方面→政治取向的勃興
2.在主題意旨方面→多元思考的實踐
3.在資訊管道方面→傳播手法的更張
4.在內涵本質方面→都市精神的覺醒
5.在文化生態方面→第四世代的崛起

然而，這些「大量創辦，又普遍短壽」（焦桐，1998：267）的新興詩刊，更是解嚴後一個奇特的現象。

從現象來看，2004 年的今天，解嚴後的新興詩刊更是異常的短壽，據本研究觀察得知，雖不至全軍覆沒，所剩卻也寥寥無幾。林于弘（2004：30-40）觀察所得的世紀末詩刊與詩社，其認為至少有下列六項特徵，包括：

1.老成持重，新秀未起
2.多元共容，面目模糊
3.疏離群眾，曲高和寡
4.大陸作品，強勢登台
5.商業經營，開闢財源
6.網路勃興，主流易位

第一項意味著交棒並未成功，新人仍須努力，詩刊暗含權力結構的分配，詩社大老及其相關核心團體，權力不願下放，197、80年代新興詩社如雨後春筍般崛起而自立門戶，多少與此相關。第二項是環境趨勢使然，社會多元，各種主義勢必受到挑戰。作品多元，價值自然無法一以貫之。而發表園地呢？方群提到：「門戶開放後，

19

一切果然是海闊天空。然而個別的特色消失之後，詩刊若變成純粹發表的園地，那麼存在著不同的詩刊又有何必要？」（林于弘，2004a：35）第三項則由於195、60年代，作品均尚虛浮所致，民眾遺棄有語言閱讀障礙的現代詩，其實是明智之舉，或說是別無選擇。

　　至於四五兩項值得存疑，商業機制畢竟不是非營利單位，有著理想的高標及遠見，《藍星》詩季刊在九歌支持下維持了三十二期計八年，已被傳為美談，只怕再無後繼者了。而號稱N世代最強的《壹詩歌》，背後的寶瓶文化，雖有聯合報系資金的挹注，明星編輯經理人的加持，但由於是新興出版社，尤其是在近五年市場大眾書普遍五成退書率的情況下新創的單位，事業體本身的營運現象已經值得觀察，更何況是不會帶來營業收入的詩刊。出版商畢竟不是出版家，辦詩刊對多數為中小企業且同業競爭激烈的出版社而言，可真是為難他們了。而大陸作品，坊間除了朦朧詩人如顧城、北島，唐山出版的「先鋒詩叢」等少部分的詩集仍有刊行外，事實證明過去的中國熱或大陸熱只是一時流行的現象，雖然如今的大陸作品亦佔據不少國內詩刊篇幅，如《秋水》、《葡萄園》等，但多的是應酬詩作，道情答謝或山水寄情罷了，對台灣詩壇已無實際影響力。

　　至於「網路勃興，主流易位」，指的是全球資訊網WWW驚人的魅力，實力不可小覷。「網路作家」改變了文學傳播即作者、讀者與仲介者的關係，媒體（即仲介者）在網路上已經不再扮演守門人的角色，作品大量湧現於虛擬世界，如明日新聞台、部落格等個人網頁，BBS等，但部分仍是經由出版社呈現紙本，文本仍以傳統之定義完成傳播的「5W」。小說部分似乎已經攻城掠地，作家如痞子蔡、王文華等，都已經風靡兩岸三地，所向披靡。現代詩自然也還因為無利可圖，未獲出版商青睞，目前尚是一片淨土，一片悄然，但似乎不是風雨前的寧靜。

2.4 崛起的新詩群

　　當語言成為文字的表現，本身即化沈默為一種說話，向世界說話，向未知的讀者說話。但這話語如何被聽見呢？詩在台灣業經 1960 年代現代主義的風行，形成語言上的誨澀、理解困難，致使詩自大眾媒介退出，詩刊成為文人圈小眾的傳播載具，亦是當下最好的媒介，並形成極富同仁色彩的詩刊。

　　而剛嘗試寫作的新人，往往從抒情開始書寫作品，從而尋求管道發聲，並發表的過程中求取認同與自我肯定。楊牧在中學時代協助編輯《海鷗》詩刊，一面編刊物一面寫詩，而「有了發表空間，當然寫得更起勁了。他和陳錦標即是詩刊編輯，也是最熱心的投稿者。投稿數量不夠時，他們便坐下來，詩毫不猶疑地從筆下產出，補足行數。」（張惠菁，2002：51）

　　《海鷗》詩刊早期借 1950 年代的《東台日報》的版面發表，每星期一固定出刊，楊牧雖未加入同仁，但也展現彷彿同仁的熱情與活力。事實上台灣的詩社多未向內政部登記，惟一有登記行為的，是將詩刊至新聞局登記，取得雜誌字號，節省郵資。

　　詩刊成為「詩壇」對內發聲的最主要工具，基於意識型態的不同，詩人又在自身立場的思考下加入與自己屬性最為相近的詩社，成為詩刊的當然發言人。成為同仁的一份子，詩刊的財務收入，亦多來自同仁的年費，使刊物持續出刊，而一些在學亦或是初入社會的新鮮人所辦的詩刊同仁，常隱隱感受到金錢支出的壓力。其中以新興詩社情況尤為嚴重。（張國治 2004；顏艾琳，2004）

　　王志埕（1987：72）即提到新陸詩刊創刊的經過：

> 寫詩寫到結社，其間的過程頗為曲折。記得去年九月，某詩
> 社同仁從新竹打來一通長途電話，談話中曾詢及我是否願加
> 入詩社，我當時猶豫著，未敢貿然應允。後來又接到某詩刊
> 要角從台中打電話，同樣是邀我入社。考慮再三後，當即慨
> 然允諾。主要原因，我確實需要一個社團來鞭策我創作。經
> 決議，我接了主編之職。
>
> 旋因種種緣由，不得不解散詩社。在我主編任內，曾被我退
> 過稿的張遠謀先生，卻於此時願與我共組詩社。在新象藝術
> 中心一次詩人的聚會，認識了毛襲加和魏秀娟小姐。由於志
> 趣投合，乃於去年十一月成立了『新陸詩社』」。

然而新興詩社的分分合合，十足顯現了年輕詩人的浮躁與理想
性格，藉由社團的鞭策力量使得詩刊同仁相濡以沫，進而尋求發聲
場域，也是事實。

遊走於解嚴後的新興詩社，相對於所謂的四大元老詩社，在評
論家陳去非的眼底，似乎只是「蠅量級的詩隊伍」（陳去非 1997：
9），在所謂「新世代詩人」的構成上，「他們的組織型態，或者以
同一所校院為單位，如東吳大學的『南風』；或者以同一個文藝營
梯隊學員為班底而具有跨越校際的性質，如復興文藝營的『地平
線』、聯合文藝營的『薪火』；或者是單純的興趣相投合，如『新陸』；
或者為各新詩社及詩壇裡鋒頭份子的加盟組合，如『象群』及稍後
擴編成的『曼陀羅』。」（陳去非 1997：11）

如表 2-3 所述，解嚴後的新興詩刊，在意識型態上也不再如前
行代詩刊那般立場鮮明而尖銳。雖說已和彼岸詩壇作詩文學上的交
流，但未因此將出版動作擴及對岸或向中國發行，而國內部分分眾
市場早已畫出，亦不見出版商積極介入，再則為詩刊本為文學頂端
的金字塔尖，被一般讀者束之高閣，認為詩是難以親近的。

表 2-3 解嚴後新興詩刊之策略管理：外部機會與威脅分析

外部機會分析（Opportunity）	外部威脅分析（Threat）
詩刊改採專業出版品之製作	文學雜誌類型多元取代不易
市場開發空間大	經費來源欠缺計畫性
論述或作品趨於多元	面貌模糊，個性不易凸出
華文單一化發展逐漸成熟	文化論述平台不足（單向）
分眾市場確立	市場規模不足以量化

資料來源：本研究整理

　　楊維晨前後籌設了《南風》、《象群》與《曼陀羅》三份詩刊，皆可視為階段性之延續，在編輯企劃風格與詩美學的顯現上，相當程度凸顯了新興詩刊著重的創意與知性風格，對新世代詩人而言，詩刊的包容性遠大於身繫囹圄使命感強烈的元老級詩社，在風格展現上，前衛的《地平線》，抒情傳統的《南風》、《珊瑚礁》，更多的詩社皆不把自己設限於單一議題上如《新陸》、《薪火》、《象群》、《曼陀羅》等等。

　　詩社或詩刊社從解嚴過後，一直呈現著繁花的盛景，減低了對立的意識型態，作品展示的詩美學，是百花齊放、兼容並蓄的大花園主義。

2.5 詩刊決策與場域

　　詩刊因組織型態不同而有相異的選題決策類型，依模式區分，則有授權及編審二種。前者由社長委交總編輯或主編逕行選題企劃（林盛彬，2004；吳明興，2004；張國治，2004），如笠詩刊、葡萄園等；後者為組織編委會，群策群力，企劃題旨與內容、人選，再交付總（主）編執行編務，這其中以新興詩社為多，藉由編委會

23

或糾集同仁審稿，一方面令同仁實際參與學習決策，再則亦顯現開放之態度，透過活動增加個人對詩社之認同（顏艾琳，2004；嚴忠政，2004；張信吉，2004）。

詩刊可視為詩人意識型態的介入與延伸，透過詩刊展現集體潛意識的具象表達。同時創作者亦透過同仁的情感聯繫，以實際的金錢做為詩刊印製及活動的費用。

解嚴後漸趨多元，詩刊不再是惟一的發聲管道，但詩人與詩刊的關係，仍有一定程度維繫，方群曾就詩刊與詩人做出如下描述：

> 詩社與詩刊猶如人之雙手、車之兩輪，彼此協助、相互依存。而詩社是人員的集合，詩刊則是作品的褒集，因此從詩社與詩刊的經營更迭，也可以同步印證臺灣詩壇的生態變化。（林于弘，2004：25）

誠如白靈所言：台灣的詩社，不論社性或運動性的強弱，均以辦詩刊為其主要目標（白靈 1994，131-132）。方群亦談到：「詩社與詩刊是詩人與詩人、詩人與讀者間最重要的媒介，從詩社與詩刊的發展運作，也真實記載了新詩在解嚴前後的昂揚與沉落。」（林于弘，2004：25）

而「場域」（field）的概念，是布迪厄（Pierre Bourdieu）社會學的一個重要敘述。任何的範圍或學門都是各種「場域」，我們可以說台北是一個場域，高雄也是一個場域；文學出版是一個場域，非文學出版又是另一個場域；場域簡言之就是一種確認研究對象的方法，「一個場域可以被定義為在各種位置之間存在的客觀關係的一個網絡（network），或一個構型（configuration）」（Pierre Bourdieu，1998：183）。

　　場域間的文學活動往往是文學社團成果的展示與呈現，而作為詩社的主要文學活動，一如白靈所述，仍以辦詩刊為主。法國文社會學家埃斯卡皮（Escarpit，1958）對文學活動有以下表示：

> 所有文學活動都是以作家、書籍及讀者三方面的參與為前提。總的來說，就是作者、作品及大眾藉一套兼有藝術、商業、工技等各項特質而又極其繁複的傳播運作，將一些身分明確的個人，和一些通常無所得知身分的特定集群串聯起來，構成一個傳播系統。（Rehort Escoarpit，1990：10）

　　據此，對照這個傳播系統我們再回到「5W」的傳播公式來觀察，即缺少了「說什麼」和「產生什麼效果」二項。

　　「說什麼」和「產生什麼效果」，即是作品內容的思想切入點與反思，也惟有補足此部分，整個論述場域才得以完整。

　　學者詩人林淇瀁，曾試著為「文學傳播」下此定義：

> 文學傳播，乃是文學傳播者（作家或編著）掌握某一事項，加以描寫（或反應），在某一情境中，透過某一媒介，提供某一訊息，並以某一表現形式（小說、詩、散文等），在某一情境架構中（文本或文學情境架構）中傳遞內容（或文學訊息），而產生某種效應的傳播過程。（林淇瀁 2001：14）

　　在傳播者，媒介，表現形式、文本、效應中文學傳播於焉完成，似乎更符合「5W」之傳播公式的內涵。中國學者王建輝（2000：27）則用馬克思的體系來說明，他提到社會的主體是人，這些人有怎樣的思想，就會產生什麼樣的社會網絡，而通過具體策劃的部分，就得用刊物來加以實踐。際此詩刊成為詩人主要的論述場域，而對於詩刊權力的實際支配者，當然非企劃者與編輯人員莫屬。

　　由詩刊的出版現象得知，詩人藉由相同意識型態的凝聚，發展出論述型態各異的詩刊，服膺現實者多半在題材上自覺，藝術至上者大半在語言上展現實驗性與美學體驗。而這些多半由詩刊守門人基於 Stephen J. Hoch 的「直覺」及「模組」出發，產生作品的選題。

　　詩刊的選題，大體上仍以詩作品發表為大宗，取樣《創世紀》106 至 118[3]期可得知，「詩人專號」仍是選題的重點，十三期的專題中，個人專號佔了七次之多，個人詩作仍被視為詩刊成就的首選，特別是對於刊期達三十年以上的長青詩社。

　　相對於解嚴後創刊的新詩社，個人作品偶有登上專輯者，但在篇幅上相形遜色。而不論專題製作如何醒目，似乎也視為為作品護航與宣傳，詩刊的出版並不將市場的考量納入，自然與市場背道而馳，閱聽人不得其門而入，編輯人忽略專題製作上該有的平面美學與編輯、印務上專業，更遑論物流與行銷的策略了。

　　詩刊同仁色彩明顯，是生存與發刊的契機，同時也是文人圈這種意識型態上團體傳播（group communication）的行為上之糾集，最好的說明。

---

[3]　106 期，朵思專號，1996，春季號
　　107 期，葉維廉專號，1996，夏季號
　　108 期，簡政珍專號，1996，秋季號
　　109 期，楊平專號，1996，冬季號
　　110 期，管管專號，1997，春季號
　　111 期，四川詩專號，1997，夏季號
　　112 期，古月專號，1997，秋季號
　　113 期，東方現代備忘錄，1997，冬季號
　　114 期，新疆詩專號，1998，春季號
　　115 期，馬華新生代詩人專號，1998，夏季號
　　116 期，彩羽專號，1998，秋季號
　　117 期，深度閱讀新世代，1998，冬季號
　　118 期，旅遊詩特輯，1999，春季號

第三章
社會變遷與選題表現

　　解嚴後最受矚目的詩隊伍，主要由三個部分的成員組合而成，其一為校園詩人或離開校園不久的社會新鮮人，如《草原》、《南風》、《象群》；其二為純為興趣的糾合，詩齡不長的三十歲以下青年詩人，如《黃河》、《新陸》、《四度空間》、《地平線》等，再來則是自己號稱「史上最強」的菁英組合，他們大半已經寫詩有成，或在網域上小有成績，轉向紙本領域進佔，前者如《象群》，後者為近期崛起的《壹詩歌》等。

　　這群當時平均年齡三十歲不到的年輕人，他們所經營的詩刊，有著前行代所沒有的特質及困境，包括：著重選題規劃、展現價值多元、著重視覺呈現、以及財務上所顯現的困難。茲分述如下：

1. 著重選題規劃：編輯企畫活潑，製作別出心裁，往往使詩刊能在詩作發表之外掌握新的議題。

2. 展現價值多元：他們不死守宗派，跨社情形稀鬆平常，社團群性降低，詩刊對他們而言像是會員俱樂部一般，高興就來跳跳舞，游游泳，寫寫詩。他們通常認詩刊不認詩社，也不再有太多意識型態的凝聚與生成。

3. 著重視覺呈現：如遊戲詩、圖像詩皆為後現代所涵納，也由於此時的社會更趨多元，叫罵聲減低，彼此學習相互尊重與欣賞，成了新世代詩人最大的特質。

4. 財務困難：普遍短命是詩刊常見的現象，因財務關係叫停的刊物屢見不鮮（張國治，2004；顏艾琳，2004）；但更多的是文學觀念改變，對詩刊出版的影響力產生懷疑，加上解嚴後媒體的開放，電子媒體如網路亦搶占了部分作者擔綱演出的舞台，加上第二副刊出現，文類與寫作類型改變，亦使得詩刊難以為繼。

3.1 從情色詩到女性詩

「溫柔敦厚詩之教也」在儒教禮義下的文化中國、形成一種社會制約的封建思想，方便獨裁者向下進行統治，問題是孫中山先生建立民主共和國迄今，業已九十多年，社會的型態是改變了，但文化的深層結構卻也要等到 1980 年代解嚴前後才開始對固有的價值體系做出挑戰，人們心中的封建王國才逐一崩解。然而，反映在詩文學作品上，在情詩的書寫上詩人們大多還是保持著此番身段：水湄的蘆草彎身傾聽什麼／松樹上的藤蘿曳長細細的手／像牽絆像揮別像等待什麼／這無非是說：有風來過（黃靖雅，1989）

「隔牆花影動、疑是玉人來。」這樣的傳統情緻仍是閨秀詩人們經常的表現。劉紀蕙（1989）便指出，父權文化中，精神和肉體的分裂，呈現在男性的文學作品。在作品中，男性是主體，女性成為象徵的符號，代表父權文化中男性所追求的特質。女性形象的分裂，代表男性內心的衝突，在父權文化的架構中，精神和肉體的二元對立，反映在女性替身的塑造之上，一是理想的投射，一是下意識畏懼的對象。

女性在男人筆下常在天使與魔鬼這二種角色之間轉換。在論述場域以男性為主要發聲的媒介裡，女性書寫者亦常常不自覺地落入

古典屬於制約的封閉情境下的陷阱而不可自拔。在現代詩的發展上，情色詩早期亦由男性領軍，向詩刊發聲，創作上以陳克華、林宏田（赫胥氏）、林燿德、林彧等零星的出擊，最叫詩壇矚目。

> 吾愛
>
> 吾終將視汝為一捨棄式鉛錘
>
> 與汝訣別　親親吾愛，切莫詫異
>
> 此為吾等初級釣者必需之裝備　一號超強力母線
>
> ○、六號子線／日本進口高級鴨川碳纖筆
>
> 細緻之連結環
>
> 4 號秋田袖鉤
>
> 以及敏銳之海髮絲浮標　卿卿吾愛
>
> 吾於例假日
>
> 自西洋形上思維走下
>
> 置身於淵潭、瀨區之水域
>
> 試圖以原始之高山溪谷進行沐浴
>
> 並探尋珍貴魚種苦花、香魚之踪跡　　吾愛
>
> 吾踽行至一處深潭
>
> 改以沉底直感釣法
>
> 無奈亂石磊磊
>
> 難避掛底之命定困境
>
> 吾愛
>
> 為免危及母線及竿身
>
> 數度弓張權衡
>
> 吾愛
>
> 吾終將捨棄汝

一如紡錘型鉛錘……吾愛

吾至至愛汝

吾今與君別

血淚俱下

視汝為一捨棄式鉛錘」（赫胥氏，1986）

　　林宏田的「試圖以高山溪谷進行沐浴／並探尋珍貴魚種苦花、香魚之踪跡」的意象展示，已至為含蓄，高山溪谷與魚種之踪跡暗喻兩性各自的性器官，然而用完即捨棄又道出即時行樂之現代露水男女之特性。

　　「吾愛」的一詠三嘆，頗類似羅智成的「寶寶」、楊澤的「瑪麗安」，成為許多青年詩人群起仿效的對象。《四度空間》（1994）「事典」針對林宏田作品有如下介紹：「他的作品多觸及性愛主題，表現強烈突出；他對於性愛的處理態度出之以超然的知性，非常的『酷』，並且帶著自嘲式的黑色幽默。」

　　「酷」是一九九〇年代前期足堪前衛的語法，有警世駭俗之感，一如現今青少年掛在嘴上的「屌」字，如另外一首作品〈地址──期末致小ㄇㄟ〉則正是露骨的性愛描述：

採取傳統的臥姿

衣著整齊、肅穆莊嚴

讓彼此的恥骨與恥骨，小ㄇㄟ

溫文有禮地來回摩擦撞擊，小ㄇㄟ

室內本無雲

卻下起微微的雨了，小ㄇㄟ

潮溼黏稠

適合微生物泅游生存

其實我是一隻水蛭，小ㄇㄟ

具有高附著力的吸盤和觸鬚

而妳應是一名血蛭，小ㄇㄟ，因而不斷地充血而膨脹

（赫胥氏，1986a：233-242）

白靈（1986）則解釋為：「此處以『性』成為其心理壓抑後的一種解放和舒脫」。赫胥氏的作品出現在解嚴前後，彷若一種衝破禁忌的圖騰，馬上在校園文壇興起不少迴響，羅青（1986）就認為他的〈地址〉及〈捨棄式鉛錘〉，「可說是 70 年代最重要的情詩」，大膽，真誠且具有藝術良好的控制技能。

相對於林宏田坦率式的隱晦，陳克華〈我撿到一顆頭顱〉則白描到了令人張口結舌的情況了：

一隻手指能在大地劃寫下什麼呢？

我遂吸吮他，感覺那

存在唇與指間恆久的快意。

之後我撿到一副陽具。那般突兀

龐然堅挺於地平線／荒荒的中央——

在人類所曾努力豎立過的一切柱狀物

皆已頹倒之後——呵，那不正強烈暗示著

遠處業已張開的鼠蹊正迎向我

將整個世紀的戰慄與激動

用力夾緊：

一如我仰望洗濯鯨軀的噴泉

我深深覺察那盤結地球小腹的

慾的蠱惑（陳克華，1990）

　　柱狀物在陳克華的詩裡經常可見，然而如陽具般豎立的柱體，都是「印地安彩柱或者紀念碑」（陳克華，1986），純為裝飾而不再（堪）使用的陽萎狀態，或者是性倒錯的暗示，迥異於一般的陽具為中心的雄性論述。

　　解嚴後以「情色」、「異色」或「女性」詩為主軸者，莫過於李元貞等人創辦的女鯨社，然該詩社並未出版詩刊而以出版詩集做為向陽具中心主義的文壇尋求發聲的途徑，故不在本論文討論之列。

　　《薪火》詩刊十五期「異色詩」[1]專輯，以及《台灣詩學》第九輯「性愛詩」、第十七期「女詩人特展」，第十九期「人體詩」皆為詩刊選題上關注情色詩或女性詩的展現，尤其其中多位女詩人的作品發表，更令人有耳目一新之感受。

> 兩人指著防波堤上
> 一群群昂首向天的陽具
> 水泥
> 你
> 則仍堅持在意
> 那石隙伸入的線索，微微發黃而狐媚（阿翁，1994）

　　消波塊在防波堤外昂揚，男人仍堅持的線索，是那微微泛黃的女性性徵的縫隙。女詩人在意象營造上，似乎仍不若男詩人般明快。而思想的速度「還會循著季節的迴流前來／大量生殖，並且／轟隆隆地自腦門中闖過。」（顏艾琳，1997）可見得女性詩雖得到重視，但從創作者在作品上的實踐而言，常常是知行不一致的。

---

[1]　顏艾琳（1987）指出：所謂異色詩是相對於「萬物之於文思的陰刻陽雕」，她雖提及這種詩發表的「不僅僅是男女情慾」，但其專輯所載作品，仍不脫男女情慾範疇。

　　女性詩特輯的製作，也隱含「爭取兩性平等」與「自主醒覺」（向明，1996）等特色，吳菀菱（1996）更提到女性：「應自父權鋪設的棺柩中復活，在枯槁死寂的墓地裡升起憤怒的營火，將符合父權認同的形象與思想一概排出體外，佔領父系所需的主權土地，絕地再生。」這種激昂的言詞，無非是要扭轉目前女性處於劣勢的呼告，並促使男人放棄陽具中心的觀點，且「使勁地挑逗男人的肛門，以陰唇或手指。」似乎在陽具之外，也要記得享樂與愉悅，充分挑戰著普遍存在著潛意識型態——陽具羨慕（penis envy）

　　李元貞（1999）認為江文瑜在「語言的實驗與開拓」上大有進境，其作品〈女人、三字經、行動短劇〉則以「諧音歧義的手法來顛覆父權語言」，摘舉如下：

> 銅像：駛妳老母
> 女人甲：阮老母開始學駕駛　掌握人生的方向盤⋯⋯
> 銅像：幹妳老母
> 女人丙：阮老母一向真能幹　大的小的樣樣來
> （江文瑜，1998：男人的乳頭。轉引自李元貞，1999）

　　林于弘（2004：289-326）提及女詩人約佔詩作者人口的十分之一，女性詩人作品由婉約、含蓄為主軸，一直到女性詩的出現，其以（feminism）女性主義為思考內含，則呈現：一、語言平權，二、人格獨立，三、身體解放，四、情慾自主等四項作品特色。馬森（1990）亦以情色文學，不僅止於「誨淫」加以正面的肯定，認為它具有將人們從僵化的成習中提拔出來的價值，不是「必要之惡」。際此，不論是情色詩或女性詩甚且異色詩，在藝術是反映多元社會的開放原則下，有何理由來加以規避、忽視它呢？它畢竟是

多元紛呈下的藝術產物，不會是必要之惡，更不是以男人中心出發的玩物或褻瀆的工具。

3.2 從政治詩到母語詩

1984 年六月《陽光小集》第十三期，推出史無前例的「政治詩專輯」，旋因某種理由「遭詩社『自行查禁』」（書林詩叢編輯部，1991），引起該刊主編苦苓與發行人向陽從此老死不相往來。苦苓於隔年二月創刊《詩評家》月刊，刊頭言明：「正本清源・揚清棄濁・寧鳴而死・不默而生」十六個斗大的宣言，且對讀者聲明：「零售每本十元小額郵票通用／對前途沒有把握暫不接受長期訂戶」，堪稱國內第一家拒絕長期訂戶的雜誌。稿約上亦註明「『每月一詩』只登最好的詩，請寄最滿意的作品來，稿費從優，但請萬勿一稿兩投」亦是中華民國第一份核發稿費的詩刊，只是不知創刊號的「每月一詩」作者蔡忠修，是否有依約得到稿酬？

該刊為三十二開本，共三十二頁，創刊號為「席慕蓉論戰專輯」，足足花了二十四頁三分之二的篇幅引介了陳啟佑所撰〈有糖衣的毒藥〉一文及多人對陳文的讀後感，花這麼多紙張「對這位四十一歲的少女席慕蓉小姐」（賈化，1985）的評論，亦是一種對席詩銷售長紅權威價值的挑戰吧。政治學者布魯姆（William Bluhm）認為政治即是權力、威權、衝突的象徵，論述的形成起因為價值重新分配的願想（轉引自孟樊，1995），因此，就《詩評家》的型態而言，亦屬政治詩刊的範疇。

又越一年，苦苓、蔡忠修、天洛、徐望雲等人發行《兩岸詩刊》，接續只發行一期的《詩評家》，以「開放的、批判的、前瞻的」為標的，繼續遂行政治詩的路線，原先在《詩評家》的「下期預告——

前衛版『一九八三台灣詩選』論戰專輯！請期待」（1985：31）的字眼，亦在《兩岸》第一集中展現（1986：82-87），然就選題策略上言，《兩岸》一至三集詩作比例皆不超過全書三分之一，但都圍繞在與詩相關的單元，如「詩評家」、「詩論詩」、「評詩評」、「名詩會審」、「詩人的另一面」……等等，一至三期各有「特稿」一篇，分別是第一集的〈獄中行〉（方娥真）；第二集的〈文學・政治・意識形態——專訪陳映真先生〉（鍾喬）；第三集的〈綜觀台灣的現代文學〉（羅隆邁）。而其將選題主題以文案方式置於封面之上，與是時許多雜誌，如《時報周刊》等一致，確也是詩刊的創舉，令人眼睛一亮。

　　「政治詩的詩人大抵自詡具現實感、正義感」（焦桐，1997：57）。游喚也表明：「政治詩最大的效用，在於控訴與抗議。離開政治的批判與社會現實之諷諭，政治詩即不再有文類之必要。」（游喚，1994）政治的批判與諷諭之必要，苦苓（1987b）以〈總統不要殺我〉標示出解嚴後百無禁忌口無遮攔的里程碑：

> 　　總統先生，我把您的肖像貼在牀頭
>
> 　　成為夜夜的夢魘
>
> 　　看見您衰老的身體，堅持愛國的心
>
> 　　明天早上，我還是會在擔憂中
>
> 　　投票給您
>
> 　　只因為，從我出生以來
>
> 　　就只有您這一個總統

　　相對於如暴風雨般來去的《兩岸》詩刊，從1986年12月的第一集，到1987年11月的第三集，整整一年的時間就在詩壇倏忽而過，少了的還是那股持之以恆的力量。在此同時，李敏勇主編的《笠》詩刊，就以較為沉穩的腳步，徐徐吐露著詩人關切現實的聲音：

不滿份子的歌聲

從廣場唱出

衝破牢固的刺網和拒馬

在街道流傳

像一個舞台

演出人民的心事

卻無法獲准公開放映

交通管制

從四面八方圍堵

控制所有的入口和出路

用一層又一層的鐵幕

分隔事實

把廣場渲染成暴力和血腥

在烈日和暴雨中

鞭答持續

一直到日沒後

漸漸落幕

星星在雨後的天空

俯瞰裂縫的城市

安撫破碎的心（李敏勇，1987）

　　陳芳明（2002：15）則對政治詩或政治文學有另一種詮釋，他認為「以第三世界發言人自居的中國，對台灣文學的收編，正是殖民主義的再延伸。」這種以權力為基礎的政治想像，使得去殖民（decolonization）成為台灣文學正名運動裡不可或缺的一環。在陳芳明來看，「以現代主義思潮在台灣的傳播為例，它是戒嚴時期親

美文化之下的舶來品。」（2002：17）這使得台灣主體性的追求，成為詩篇渴望追尋的重點，盧建榮（2003）在提及陳鴻森作品時談到：早在 1970 年代，大家都還沒有意識到時候，陳鴻森在作品中已察覺出：「我們是一批無法投遞而又不能掛失的郵件／我們是敗戰野死遺下的迎風的旗／我們沒有昂揚的權利／我們沒有可被憑弔的死／我們是神案上幾番取下復被供上的無名的木主……我們是喪失了索還之債主的放款／我們是無可停泊的航程／我們只有一個三十多年後被退回原鄉的名字」。在陳鴻森所書寫的背後「台灣兵本身的悲哀，還是沒有引起台灣應有的注意。」在盧建榮看來，1980 年代是外來政權走下坡的關鍵年代，陳鴻森的反殖民論述實是站在時代的尖端。

陳玉玲（2000：254）曾在〈笠新詩精神活動及其影響〉中指出：「《笠》現代與現實融合的新詩精神，主要扣緊對文學環境之批判反省而來。60 年代的新古典主義，超現實主義的流弊，激發了《笠》對現實精神的重視。而鄉土文學、政治詩的產生，更使《笠》重申藝術及現實性兼顧的課題。」

關懷現實又注重詩美學的追求，成了陳玉玲心目中理想的《笠》風貌，形式與內容一直是文學運動上永遠無法判別輸贏的相對元素，過與不及想必都不是讀者之福。

主體性的追求，在本土陣營中另有一隻鮮明的旗幟——母語詩。向陽把政治詩跟母語詩視為鄉土文學論戰之後，不得不令學者行注目禮的「兩大特色」。他將其形容為「車之雙輒，由台灣渾厚的泥土中行過，翻醒了自 1947 年二二八事件之後，暫時沈默，而後囁嚅以道的台灣人的聲音。」（向陽，1993：127）是什麼樣的聲音呢？屬於台灣人的聲音。

講一句罰一元
台灣話真俗
阮老父每日給我幾張新台幣

講一句掛一次狗牌
台灣話昧咬人
阮先生教阮咬即個傳或個

講一句跂一次黑板
台灣話昧刣人
阮跂黑板不知犯啥罪

講一句打一次手心
台灣話有毒
阮的毒來自中原河洛的所在

先生　伊講廣東話為何無打手心
先生　伊講上海話也無跂黑板
先生　伊講四川話也無掛狗牌
先生　伊講英語為何無罰一元

先生提起竹仔枝打破阮的心（林宗源，1986：49-50）

　　林宗源被文友戲稱為「台語文學之父」，與賴和「台灣文學之父」屬同一位階，雖為戲言，不難見出他在台語文學界的文友心中，對他創作台語及推廣台灣母語詩用心的肯定。林宗源（1986：10）提到：

今日台灣文壇為何不能寫下不朽的巨著，除了某些因素外，
就是作家忽視母語、輕視母語，連表現文學最基本的工具，
都因失去自信而輕視，結果對自己事事沒有信心，一個沒有
自信的人，怎能寫出不朽的巨著。結果也只有乖乖地做文化
的屬民，文學的奴隸。因此今日的作家，必須重新整合創新
台語，如此，才能寫出現時現地醞釀在心靈中的世界。

相對於林宗源對台語文學的執著，年青一輩的詩人，視野上
則是不等同於前行代那般沈滯、悲鬱。黃明峰（1971 年出生），
寫作場景及於生活點滴的觀察，落實了母語文學在地化想像上的
滿足。

冬粉鴨，雖然內底只有兩塊肉
食起是真芳
冬粉鴨結作歸芛兮冬粉
是汝阮兄弟兮情份

燒燒兮冬粉鴨
燒燒阮心肝
毋驚一葩青燈照孤影（黃明峰，2000）

從 1984 年發皇的政治詩，到《兩岸》第三集的結束，再到後
殖民文學觀念的倡導，不難看出台灣自解嚴前後變化的快速，其他
母語如客語、原住民語亦有所發揮。可見得不論是政治詩，後殖民
詩還是母語詩，都是解嚴後多元價值的具體表現。

「我答答的馬蹄／是美麗的錯誤／我不是歸人／我是過客」。
相對於鄭愁予的過客心態，在台灣政治詩或後殖民詩書寫者的心目
中，都有一個尋訪的共同主題──回家。

> 過去好像是場夢，現在才是真正的人
>
> 同樣的文字不滿
>
> 異國統治者拘押廿天
>
> 祖國送我們去離島廿年
>
> 如今只剩我一人，和過去渡船回來（劉克襄，1986：139）

　　而在 2004 年總統大選業已底定的同時，詩人仍不忘發言，但由於彼此的切入觀點與意識型態迥異，卻有了全然不同的表現，嚴格來說，用詩來參與政治、批判現實，實際上就是政治詩的表現範圍，更提供我們不同的思考角度。

> 那一槍
>
> 不是武昌革命
>
> 陸皓東先烈放的第一槍
>
> 那一槍不是
>
> 蘆溝橋上
>
> 為反抗日本鬼子開的一槍
>
> 啊啊，那一槍
>
> 改變了一場重大選舉
>
> 影響了我們的命運
>
> 啊啊！那一槍
>
> 台灣民主受傷
>
> 躺倒於地奄奄一息（台客，2004）

　　台客的「那一槍／台灣民主受傷／躺倒於地奄奄一息」，和底下方群的「會轉彎的子彈」都是意識型態思索下的產物，信者恆信，不信者亦總有遁詞，形成多種的樣貌。

我的子彈會轉彎
牽引所有徬徨猶疑的眼光
鼓動激情的奔馳吶喊
淚水在街角傾洩預設的方向

意料之外的特技與剪接片段
搭起一座座溫馨交匯的友誼橋樑
我的子彈真的會轉彎
從隆起肚腹的下緣到僵直關節的前端
無言　穿透事實迂迴的真相

不用防護盾、裝甲板
不用金鐘罩、鐵布衫
虔誠的信仰可以抵擋熾熱鋼鐵的橫衝直撞
「天佑台灣！」
善男信女奉獻加持的肉身無懼飛濺血光。因為
我的子彈會聽話、會轉彎

苦候的準星焦急張望
這一幕沒有魔術的秘密道具

也不允許預演和彩排
但我通靈的子彈絕對會轉彎
在炎炎烈日的沸騰午後
在蠢蠢欲動的濃稠夜晚
在紅黑賭盤輪替的島嶼西南方
曾經堅定的承諾——
隱匿著淡然空氣的消失迴響……（方群，2004）

3.3 從都市詩到後現代詩

詹宏志認為 1973 年李小龍的崛起，是一種社會情緒。（1989：146）無疑的，都市詩的興起，依羅門的說法：正由於「都市詩勢必進行『齒輪』與『心輪』永不休止的交談（羅門，1986）。

羅門說明「文明」前進的力量，必須透過人為的第二自然——都市型生存空間，而成為「活動磁力場」，相對於第一自然的田園的生存空間要來得變化劇烈。必需「永無休止的交談，甚至爭論」。

> 早上出去
> 我在街頭
> 看見嬰兒車
> 　　上班車
> 行走在陽光伸長的路上
> 後來我到了與天空連接的機場
> 看到成千成萬的旅客
> 帶著各式各樣的
> 旅途與旅行箱
> 匆忙的湧進
> 湧出（羅門，1986a）

古繼堂（1997：220）也肯定羅門以多量的城市詩作，奠定台灣城市詩人的基礎，更為他帶來桂冠，都市詩的出現，羅門無疑是都市詩創作最力的先行者，然而都市詩的名稱，一直要等到 1986 年草根詩社推出的的「都市詩專輯」，才宣告確立，在這專輯中羅青接收了羅門的開創精神，大聲疾呼且昭告：

直迄 1980 年代初期，我們可以進一步發覺現代詩的草根性
與都市精神在「都市詩」中有交會的可能性存在。羅門一再
預言的都市王朝已經來臨：世界島不再僅僅存在於靈夢裡，
現代台灣也已在網狀組織和資訊系統的聯絡和掌握中成為
一座超級都會。（羅青，1986）

都市詩此後也成為《四度空間》詩人急欲推廣的強項，可惜只
有林燿德、林婷兩兄妹零星創作並發表。都市詩某種程度與寫實主
義及現代主義做結合，形成了兩種向度的詩人皆可選取之素材，成
為現代詩在表現上的一種奇異景觀。

林于弘（2004：165）曾以麥當勞為例，列舉出笠詩人與創世
紀詩人，不同情境下的描繪時提到：「……這樣的同台較勁，實在
少見。」

而銜接都市詩的後現代詩，被視為是一種時間上的接續，除此
之外，相同點並不多見。有趣的是孟樊（2002）發現，羅門早在
1971 年即倡導過「以電影鏡頭寫詩」的觀念，這比羅青《錄影詩
學》（1988 年）出版早了十七年，比〈後現代狀況出現了〉一文早
了十五年，若要認祖歸宗，羅門當可兼及後現代詩的開山祖師呢！

後現代據孟樊指稱：未必成為一種主義，它是講求去「理體中
心主義」（Logocentrism）的，跟寫實或現代主義思索的方向全然不
同。（1995：264），也因為如此，後現代才被稱作狀況，而不以主
義來統攝。

後現代在創作技巧上繁複多樣，孟樊認其特徵應有以下七點：

1.文類界線的泯滅：

2.後設語言的嵌入：

3.博議（bricolage）的拼貼與混合：

4.意符（signifier）的遊戲：

5.事件般的即興演出：

6.更新的圖像詩與字體的形式實驗：

7.諧擬（parody）的大量引用（1995：265-279）

在諸多如廖咸浩、陳義芝等人的觀點之中，以上說法應是較為貼切的論述。

當然，正因為後現代是一種狀況，詩刊多以詩作呈現的方式發表，其間多散布於《現代詩》，以及興起於解嚴後的《地平線》、《四度空間》等刊物。至於詩論部分，大部分的詩刊對後現代多屬存而不論，反倒道是一向採取寫實路線的《兩岸》第三集，對羅青二首後現代詩，大大批判了一番。因而讓後現代正反雙面的問題因而浮上枱面，成為一時的焦點。而這當中，夏宇無疑是後現代狀況下，對詩作實踐最力的詩人。

信封	圖釘
自由	磁鐵
人行道	五樓
手電筒	鼓
方法	笑
鉛字	□□
著	無邪的
寶藍	挖（夏宇，1988：27）

透過讀者自行安排與聯結，文字有了全新的意義和規律。

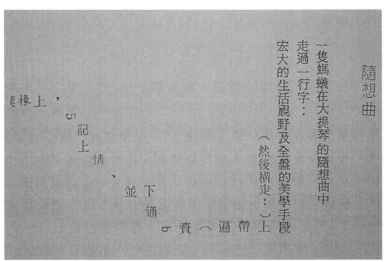

（夏宇，1988：147）

而〈隨想曲〉後段，文字成為符號的遊戲，一種任意的組合：〈社會版〉，更是一種孟樊（1955：265-266）提到的「圖像詩與字體的形式實驗」。

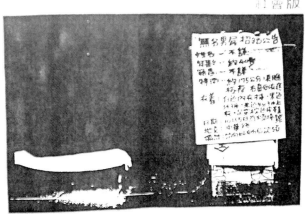

（夏宇，1988：88）

45

　　德希達（Derrida）認為，「言說者（作者）的在場性並非意義產生的必然條件，意義的創造是能指之間不斷的自主活動（E.C.Cuff等，2003：356）」。此一自主性的活動，造成詩人自求發展的另類樣貌，如夏宇的《備忘錄》只有少數曾在詩刊發表過。詩刊在「後現代狀況中」反而不易發現，卻在詩人刻意的結集出版下展現另一番風貌，這對詩刊的企畫編輯人員而言，實在情何以堪。

3.4 網路詩與資訊社會

　　網路資訊的大量令人目不暇給，隨機抽樣「詩路」塗鴉區半小時（2004 年 11 月 24 日 16 點 30 分到 17 點），張貼所謂「作品」就有三首二個人次，從作品表現手法來看，近似歌詞，以情緒或概念表現為主，意象表現次之。可見「一般」網路詩的水準多麼的令人擔心了。

　　（1）

　　要說你沒有心事

　　誰相信（題目：心事。作者：小愛）

　　（2）

　　妳的手心

　　是我愛情的天空

　　我願化作那飄逸不定的雲

　　與妳浪跡在那天空

　　我願品嚐用妳眼淚調成的梅子綠

　　不加糖

感受妳的辛酸與我願與妳化成為三角公式裡的

sin 與 cos

與妳平方相加等於一

悲傷

而妳的手心

是我愛情的天空

讓我守護著這片天空

與妳廝守到永久（題目：愛。作者：揚揚）

（3）

妹妹

45614576

　　妹妹掌ㄅ真可愛~姊姊掌ㄅ真漂亮真

是⋯⋯⋯⋯⋯⋯⋯⋯⋯⋯⋯⋯⋯漂在水中ㄅ豬ㄍ亮

（題目：妹妹。作者：揚揚）

　　網路詩延續了 1980 年代末期興起的後現代狀況，基本上是解嚴後繼思想上的解放後，又一以工具性為主的「載具」的解放。1990年代初期電腦興起，黃智溶的〈電腦詩〉為電腦時代立下新頁，工具的改變不啻是書寫工具更加便利而已，連帶的「論述場域」亦從紙本漸漸轉移至網路上。詩刊做為一個發言主體，其權威性受到網路「電紙」[2]詩刊挑戰。

2　須文蔚語。亦即以網路文本，取代紙張的載體。

　　價值的鬆動成為詩刊目地性的模糊，年輕詩人如《植物園》楊宗翰、楊佳嫻等人，亦移向網路發展，《植物園》的「大植物園主義」雖非新創，但卻可以解釋成這個時代的氛圍與情境，各自的花、結各自的果，詩作一時大量暴增。但另一方面，詩刊守門員卻普遍感受到來稿逐漸短少（林盛彬，2004；須文蔚，2004），際此，上網發表成了習於電腦操作者主要的發聲管道。紙本的詩刊也遭電子詩版的入侵，須文蔚的《詩路》[3]，即挾著整合內容及網路迅疾化的優勢攻城略地，新世紀的新世代詩人不再把詩刊當做是惟一載體，詩刊的發展因而令人感到岌岌可危。況且電腦軟體的日趨簡易化，電腦工具上的 DIY 對新一代詩人大都不會是太大問題，動畫詩、圖像詩、後設詩、遊戲詩……各種詩作齊聚網上，五色一時令人目麻，面對目不暇給的訊息文本，連發表形式也自由而簡易了。

　　正因為網路詩的自由、開放，所以可以像《晨曦詩刊》一樣，在短短五個月內累積千餘首創作（須文蔚，2003）並追求「網路文學的烏托邦」，亦即是詩人與發表的載體雙方呈現一種互動的雙向或多向模式，且「不隨著文學媒體企劃編輯的風尚，不主動照專欄主題邀稿，只刊登投稿作品。」晨曦的紙本詩刊只出版六期，實在是因為「出版經費不易籌措」，雷同於新興詩刊常見的財務困窘。

　　丁威仁（1999）認為網路詩有以下特質，分別是：

　　一、開放性和多元性。

　　二、私密性與反文化霸權之姿態。

　　三、互動性。

---

[3]　http://www.poem.com.tw/

　　丁威仁認為：「無論是形式以至於內容，均不必受到主編的裁抑與篩選，使得網路文學的張貼成為了一個公共的領域，吸引了許多的創作者與塗鴉者去利用各種的可能性，在網路上創作各類型富於實驗性的作品」詩刊守門人的不存在，造成發表形式的自由，更「不必去接受刊物等陣地的霸權檢驗，一方面又可以以反文化霸權的姿態出現，並且亦可以逃避面對自己的作品的成熟與否。」這種超文本（多向文本）（Hypertext）使得讀寫之間的界線模糊，文本傾向互動且開放，取代中心主義的，就是多元的論述觀點了。

　　如丁威仁所述，網路詩有以上顯著的特色，但在一反文化霸權的情況下，由於自由度太過，又不免作品參差不齊，丁威仁在上文亦提到「當我在瀏覽一個詩版的詩作時，往往帶著的是走馬看花的態度，甚至直接進入精華區中去閱讀較佳的作品，而網路本身的特性，也讓我不會注意此詩的創作者是誰，也讓我有較多的時間去品嚐一首好詩，而不受任何雜質的干擾」。可見篩選機制的建立，又彷彿是另一個「守門人」的興起，但作者的消失，是否意味著文學創作共相的面目一致，而缺乏獨特的面貌呢？

　　網路論述場域的擴張，不止發生在新世代身上，所謂戰後第四代（1960～1969），甚至於戰後第三代（1950～1959，以及少數如莫渝[4]（1947 年出生），張默[5]（1928 年出生）等等前輩詩人，都在網路上奔跑著。詩人中以須文蔚、向陽、蘇紹連（米羅・卡索）網頁製作上較具用心，上述詩人群中向陽建制網站更達七個之多，須文蔚著重於網路文學傳播的推廣，米羅・卡索則以詩體創新與實驗聞名於網上。

---

[4]　莫渝新聞台「菊花院的水鏡」http://mypaper.pchome.com.tw/news/2257/
[5]　張默新聞台「詩的 LTV」http://mypaper.pchome.com.tw/news/191220/

　　須文蔚（1988）以為，網路詩已「實現藝術規位突破的文藝理論」，實現了後現代學者「文類界線滅」（孟樊，1955：265-266）的預言，成為一種全新的文類；他並認為，網路自身即是一種語言，以全新的文學手法來從事詩的寫作，相應的評論者亦需以全新的美學標準來檢視與評論網路詩，才有網路詩真正的趣味。

　　不論是 BBS 的電子布告欄或 WWW 全球資訊網等，所展現的型態均十分多樣，以須文蔚的網域而言，則包括動畫、JAVA 語言所構成之動畫影像與音效，選單、互動程式等等。

　　今日年輕人在各種平面媒體或網頁上、自我介紹時，介紹自己是網域或某某版版主的情況亦愈來愈多，足見此場域受到重視的端倪。

　　孟樊（2003：98）則認為，網路詩因其具有遊戲成分的互動性，讀者的閱讀方式在此也要跟著變化，顯現其超越文本的魅力。這就是網路迷人之處，互動開放性和多元性。私密、反文化霸權之姿態。

　　新世代詩刊，如《晨曦》詩刊，於選題部分只專注於可刊的作品，對於專題製作並無太多興趣。然而其後從網路走向平面，這種由網路走向紙本的現象，卻存在著對傳統紙本「中心化」的迷思，許多網路作家儘管在網路上受到肯定，但他們亦拼命地想要「回歸紙本」，總以為如此才叫出版，而出版意味著有其「典藏價值」或者能進入「文學發展史」的範疇，這是令後現代學者，禁不住想苦笑的，是嗎？就傳播型態而言，「電子書版」亦或是一般的「書版」都是出版的型態展現，恐怕這些詩人多慮了。

　　整體來看，網路詩提供更寬濶的飛翔空間，並打破守門人的篩選機制，然而在眾多的網路文學作品裡，如何樹立鑑賞的標準，不致魚目可以混珠，相信是未來將要面對也不得不面對的課題了。

第四章
詩刊美學的凝聚與發展

　　殷海光（1990：209）認為權力（power）是社會的基本動因，權力一如財富、軍備、民政、思想支配等等的人為勢力。而其中群眾中之狡黠者，往往能以通過類服從形式的方式分享領袖的權力。相同的情況，詩刊守門人，也常是此權力的施行者，須文蔚（2004）便提到詩人群於傳播所形成的「團體傳播」現象：他們與意見領袖打破階級、性別與年齡，最重要的是，他們共享著某些價值觀與信念。

　　吳適意（2003）將編輯決策風格區分為「分析型」、「概念型」、「行為型」與「主導型」，在選題決策上，詩刊編輯在將市場遺棄在外的前提下，因為其成就理型的願想偏高，一般多為主導型風格，對大多元老詩刊而言，多數編委會形同虛設，一本詩刊可能由主編或總編輯一人包辦編輯作業，由此更強化了「主導型」決策風格的性格。

　　事實上，人由於意識型態的導入，主觀與客觀往往是相對的。判斷因其具有排他性，所以它也不會是過於邏輯的判別，也不是歸納或演繹中建立的，更不能從理性的辯論中得到證明，因此一如姚一葦對藝術的詮釋：「沒有絕對的主觀，亦無絕對的客觀」（姚一葦，1996：117-18）。在〈相對主義〉的這一個章節，姚一葦對主客觀有如斯詮解，不同的意識型態像是各自表述一般，永無寧日與終點，但透過兩造的交火，似乎更能激起彼此的光亮，且護衛一己的思想、信仰與存續的力量。

　　本章將就「現代主義詩學」、「寫實主義詩學」、「古典主義詩學」、「後現代主義詩學」四大領域做一描述性分析。雖說任何以主義來框架詩美學的企圖，或恐失之偏頗，但為求歸納整理與分析，本論文依然用後設的框架，試圖圈住那一匹匹不羈的野馬。

　　本論文之選題策略亦稱為「專題企劃編輯」。至若須文蔚（2004）提及的「出版與跨媒體整合企畫」、「活動與事件企畫」、「媒體公關企畫」則輔以佐證，補強並型塑詩刊風格的凸顯，確立其刊物位於歷史進程上之於文學發展之相對關係。

4.1 現代主義詩學

　　現代主義（modernism）是 20 世紀所產生的一系列新興詩派的統稱。而象徵主義（symbolism）則接近中國現代主義的樞紐，由於它反自然主義，破壞了科學對客觀事物的有限的可塑性，並發現了無限的內在精神世界（覃子豪，1969：74）。

　　台灣的現代主義源於西方藝術理論的基調，在本質上有著優雅挑剔，神經過敏之享樂主義傾向，尤其到了波特萊爾（Baudelaire），詩人被譽為象徵主義的先驅，亦是神秘詭奇的狂熱代表。（Arnold Hauser，1951：169；覃子豪，1969：74）

　　在台灣，《創世紀》詩刊在歷經前十期「新民族詩型[1]」的嘗試，由於與是時反共文藝路線接近，反而喪失了詩社的特色與風格。

---

[1]　創世紀第六期發表了王巖的論述〈談民族新詩〉，對新民族詩型有進一步闡示。該文認為至少有六項要義，即：1.民族新詩要負起培養民族生機，喚起民族靈魂的使命；2.民族新詩必須肩負起指導時代，促進人生的任務；3.民族新詩必需是在大眾化的需求下而產生，從群眾中來，也要歸向群眾中去；4.民族新詩必需是我國文學高度美的表現；5.民族新詩必須繼承我國白話文學的血統；6.民族新詩必須是大時代中代表我民族的聲音的，一切都以善良人性，同胞愛與祖國愛出發的。（轉引自古繼堂，1987:265）

1959 年《創世紀》十一期開始，大量引介西方重要詩人作品，開始了「超現實主義」的引介與創作上的實踐，商禽的〈長頸鹿〉、林亨泰的〈風景 NO.2〉，都是當時備受詩壇矚目的傑作。對語言的晦澀，詩人洛夫有以下表示：（洛夫，1972：4）

> 有人說：「創世紀」所主張的走「孤絕，虛無的狹義現代主義」。我們不曾表示什麼。有人說：「創世紀」倡導晦澀詩風，其路向是錯誤的。我們不曾表示什麼。有人說：「創世紀」操縱現代詩的發展，製造詩壇的混亂。我們也不曾表示什麼。因為，我們不想規避責任，如果這些確是我們的責任；我們願齋戒沐浴，仰天吞下這些責難，如果有人認為創新實驗是一種錯誤。當然，在任何新文學運動的初期，必然會發生一些個別性的偏差，以及披荊斬棘，開創局面時不可避免的缺失，但我們是誠懇的，我們審慎的處事態度與嚴肅的追求精神是不容懷疑的。

同為《創世紀》詩人的簡政珍（2004：3）教授就認為：「前衛思潮的戲要，有時是想像與詩藝不足的障眼法。這也就是為什麼『超現實』的詩風一過，有些詩人已經無法繼續創作，即使有少數作品問世，更暴顯其潛在想像的蒼白。」

然而代表現代主義的洛夫在《魔歌》（1974）中的〈自序〉上有所強調：「超現實主義的詩與那些不可理喻的幻想或神語，其妙趣異香，其神秘與本質上的真實感，如出一轍，但超現實主義對詩最大的貢獻乃在擴展了心象的範圍和智境，濃縮意象以增加詩的強度。使得暗喻、象徵、暗示、餘弦、歧義等重要詩的表現技巧發揮最大的效果」（轉引自許悔之，1986）

洛夫的超現實主義的極致表現，最為人毀譽參半的，莫過於
1959 年發表的〈石室之死亡〉了。

一、

祇偶然的昂首向鄰居的甬道，我便怔住
在早晨的虹裏，走著巨蛇的身子
黑色的髮並不在血液中糾結
宛如以你的不完整，你久久的慍怒
支撐著一條黑色支流

我的面容展開如雲，苦梨也這樣
而雙瞳在眼瞼後面移動
移向許多人都怕談及的方向
我是一株被鋸斷的苦梨
在年輪上，你仍可聽清楚風聲，蟬聲

六、

他的聲音如雪，冷得沒有甚麼含意
面色如秋扇，摺進去整個夏日的風爆
某些事物猥瀆得可愛，顏色即是如此
顏色只要塗在某一個暗示上
他便拿去揮霍，他是專走黑巷子的人
有時也有音響，四隻眼球在一起磨擦
黏膩的流質，流自午夜的鼻樑
裸婦們也談論戰爭，甚至要發現
他們肢體究竟在何處發出叫喊
且口渴如焚，如剛種的斷柯

九、

棺材以虎虎的步子穿過長街
這真是一種奇怪的威風
猶如被女子們褶疊得很好的綢質枕頭
我去遠方，為自己找尋葬地
埋下愚蠢

剛認識骨灰的價值，它們便飛起
松鼠般地，往來於皮肉與靈魂之間
確知有一個死亡在我內心
但我不懂得你們，猶如我不懂得
荷花的存在是一種慾望，或某種禪（洛夫，1957）

1970 年代《創世紀》詩人以超現實詩風襲捲了整個詩壇，相對於是時落夫語言上的冷澀，1959 年碧果發表的〈鈕扣〉則以遊戲式的文字試探，令人一新耳目。

　　　　　　　　　　　　　純黑的
哦　深處。無邊的深處啊　　於　湖面之上
　我將懂得那翅翼的對白

所以

　　　　　　　　　　　　　純黑的
我願我的雙足折斷　如今　　　純黑的
乃一種美的引力。而　　　　純黑的

　　　　　　　　　　　　　於　湖面之上
仍於初胎的睡眠中。他許　　　　　純黑的

55

明日　也許。一些論評們　　也許

一些水生物們　也許

那陌生女的（碧果，1997）

　　事實上現代主義的火車頭，當屬 1956 年正式宣告成立的「現代派」，那是相對於反攻大陸戰鬥文藝另一種取向完全不同的詩運動，以紀弦為首，讓詩從「寫什麼」的戰鬥文藝氛圍的呼告，急轉至「寫什麼」的修辭藝術。（林亨泰，1998：26；古繼堂，1989：103-104）雖說現代派六大信條中第六條中特別寫明：「愛國反共，追求自由與民主。」云云，相信這條並不是現代派創社的初衷，或恐只是針對台灣當時的情治單位，另一種障眼法吧。

　　現代派列舉出漂亮的六大信條[2]之後，極為自豪的現代派旗手紀弦更以〈狼之獨步〉一詩，自喻自己為一匹狼，對此蕭蕭（1791：116）論述時陳述：「悽厲的叫聲暗示詩人不甘寂寞的意向，面對著天地，紀弦認為是空無一物，頗有睥睨萬物之姿，狼的長嘯搖撼空無一物的天地，使天地戰慄不已，頗有一代宗師開宗立派的氣象，豪邁無比。」

　　事實上這份宣言雖有很大的文獻意義，但在創作上現代派詩人似乎大半跟不上腳步，反倒是發展稍晚的《創世紀》詩人洛夫將此宣言的精神收編，成為一度所向披靡的「超現實主義」，某種程度也讓人誤認超現實主義就是現代派或現代主義風格的代表。

---

[2]　紀弦的「六大信條」，同時也宣告現代派的誕生，它的全文是：1.我們是有所揚棄並發揚光大地包含了自波特萊爾以降一切新興詩派之精神與要素的現代派之一群。2.我們認為新詩乃是橫的移植，而非縱的繼承。這是一個總的說法，一個基本的出發點，無論是理論的建立或創作的實踐。3.詩的新大陸的探險，詩的處女地之開拓，新的內容之表現，新的形式之創造，新的工具之發現，新的手法之發明。4.知性之強調 5.追求詩的純粹性 6.愛國反共，追求自由與民主。（轉引自古繼堂，1986:107-108）

4.1.1 異質的音聲

解嚴前的 1985 年，候吉諒（1985）提出這樣異質的聲音，新世代開始對內部發出聲音：

> 如果，「新的」《創世紀》只是「舊的」《創世紀》的延長，似乎，所謂的「交棒」並沒有任何新陳代謝的意義。如果，「新的」《創世紀》只是與「舊的」《創世紀》完全不同，那麼，《創世紀》這個詩刊，似乎就不應當繼續存在。這當然是一個尖銳的問題，一個正是我們需要深思的問題──新人接編以後的的《創世紀》，應該要有什麼新的面貌、個性和作風？新舊之間應該要有那種程度的交集？……但更重要的問題，我們也知道，是如何注入《創世紀》在內容、編輯方面、甚至活動方面等「體質架構」的新生命，而又維持它原有的特色。

但此次的刊物革新，並未全然順利，前後有周安托、候吉諒、江中明、杜十三、艾農、須文蔚、楊平、李進文等掌理編務，其間須文蔚（2004a）客氣提到：仍給予相當空間。張默（2004）則說因為詩刊全是無給職，新人的表現有待全心投入，值得觀察。兩者間都是欲言又止的情狀，令人不禁揣測事實的真象究竟如何？1980年代刊物的接棒任務，事實上都未能成功，指標性的刊物如《笠》、《創世紀》、《葡萄園》皆有一番風波，編輯權交到年輕人手中時間並不長久，直至 1990 年代，氣數將盡的《現代詩》交棒給鴻鴻、陳克華、劉紀蕙等人，《笠》交主編給林盛彬，編輯權才真正出現「和平轉移」的範例。

行之久遠的詩刊由此看來一直由少數的核心人士所掌握，優勢是詩刊能持續不脫期，劣勢是企畫選題了無新義，新血無法及時注

入，自然老氣橫秋，三十年如一日，出刊只為出刊，只為空幻的「對歷史負責」陷入長期的迷思。

休刊又停刊又復刊，目前亦停刊的《現代詩》，一直是最特立獨行的詩隊伍，也因為如此，《現代詩》同仁在美學的表現上成就一直最獲肯定。如鄭愁予、羊令野、林泠、紀弦、黃荷生、梅新、陳克華、鴻鴻、蓉子、羅門、白萩、季紅與林亨泰，《現代詩》與《藍星》似乎有著異曲同工之妙，「個人成就皆大於詩社或詩刊成就」（余光中，2000），不一樣的是藍星採古典主義的路線行進，現代詩則有了更多修辭上的努力，成就現代主義美學上的觀點。以復刊後的《現代詩》為例，鴻鴻作品代表了復刊後《現代詩》人前衛又個人的風格。

> 不是我愛吃的蛤蜊也
> 不是我愛闖入的房間
> 不是我愛睡的床也
> 不是我能忍受的音樂
> 不是我愛的男人也
> 不是我愛的女人
> 不是我選擇活在這
> 不是我能控制的世界
>
> 筆，六支，可能漏水
> 底片，一卷，待拆封
> 太疲倦的狩獵，太舊的旗幟
> 太酸的維他命 C（將過期。）
> 錯過了投票日，又太早
> 來到葬禮

58

一個空空的墓穴

望著這蒸發中起皺的身體

你走之後我記不起你的香味了

你的影子還留在鞋架前發獃發徽

是唯一能自己決定的事

既然春風拂過、牙齒被蛀、臭氧層破洞、

　　某人當選總統……

一切已無法挽回（鴻鴻，1988）

　　《現代詩》新近同仁展現現代風格的新穎，同樣的，在選題上該刊亦以相近的題材與風格作為選題標準，林燿德用「孤獨的」堆疊 60 年代的氛圍，十足表現出寫作者面對詩集寫作上「孤獨的」況味。

孤獨的孤獨的孤獨的孤獨的孤獨的孤獨的孤獨的孤獨

的孤獨的孤獨的孤

當你重複在紙上寫下十個「孤獨的」或者更多，

孤獨也擁擠得孤獨不起來了。

好比月亮，

在詩集的封面畫上一千個也無濟於事；

它活該淪落在地球的另一半時，

如何祈禱也不會出現在誰孤獨的額頭上。

好比幻覺，

甚至好比自慰好比

，啊 60 年代是孤獨白（林燿德，1987）

4.1.2 南風起兮雲飛揚

急忙向歷史交待的現象，也出現在 1980 年代成立的新興詩社與詩刊。1994 年《四度空間》第八輯，與《詩潮》同樣在睽違七年後終於出刊，但也是最後一輯了。該刊編輯為了銜接這一段空白，特別以十頁的篇幅羅列出前七期的目錄。這一期的四度空間搭配許多精緻的插畫，並採企劃型態集稿或約稿，包括「推薦詩人」（李沾衣、王信）、「唯情是問」、「世紀末都市廢墟詩稿」、「詩界觀想」、「90 年代 12 家詩粹」等大型主題。這在新世代編輯企畫中，誠屬典型。雖然只出版了一期。

若將時空向前推移，就會發現以楊維晨為主要企畫者的《曼陀羅》、《象群》與《南風》詩刊一路行來如何令人驚豔了。

《南風》詩社原為東吳大學的學生社團，楊維晨（1986：3）敘述該詩刊有二個特色，就是創作上的誠懇，與對作品藝術表現的堅持。

1985 年創刊時以對開報紙型態發行，一直到同年 9 月發行第四期改採 32 開（計 64 頁），第五期時更變為令人耳目一新的 48 開掌上型（72 頁，）封面採用美術紙燙金精印，傳達了作品之外，行銷上最有利於市場的美感需求。

1987 年 6 月第十一期發行，封面採一七六磅波紋紙燙藍與燙銀，更令讀者眼睛一亮，內頁採特加黑雙色印刷，所費不貲，但也樹立了《南風》詩刊美學上的鑑賞標準。稿約上第二條且明定「本刊純粹以詩作品本身之藝術表現為主要取捨標準、內容、題材、形式均不限。」（1987《南風》詩刊第十一期，頁 120）

而同時於 1986 年，基於實力的糾集，《象群》詩季刊號稱集合大部分新生代最被看好的青年詩人，他們是吉也、吳明興、林宏田、

林燿德、胡仲權、許悔之、陳建宇、黃智溶、黃靖雅、楊維晨、羅任玲等十一位,並發行僅見的典藏版限印三百五十冊,另以流水編號打上本冊編號之編碼,為當時詩壇凝聚了不少注目的眼光。

該刊以發表詩作為主,除創刊號有「同仁詩觀」及一篇〈莊嚴與幽默〉的發刊詞外,二至三期在詩作以外全無其他敘述性文字。然到了第二期,林宏田與胡仲權退出詩社,一直到 1987 年 3 月休刊時,該刊仍維持同仁九員。

《象群》是一個講究「純詩,藝術至上」的社群組合,但成員中如吳明興[3]、黃智溶則兼有古典書寫的人文特質,吉也、許悔之的作品又具備土地的現實性,很難令人相信這是一個完備且具協調性的組合。

1987 年《象群》瓦解,楊維晨迅速在同年九月又創辦了《曼陀羅》,成為 80 年代詩運動的快閃族,快速又行動力旺盛的年輕詩人。

《曼陀羅》的創刊詞[4]中,楊維晨(1987),說明了詩社的來龍去脈。他標示出年輕詩人於 80 年代特有的群性和特質,是一篇足堪玩味,充滿野心和企圖的結社宣言,但可惜,也只延續了 10 期。

---

[3] 從〈曼陀羅〉詩刊第 3 期吳明興作品《惙惙征徂》詩題與內容之中皆可發現,新古典主義傾向,是吳明興該時期明顯之風格走向。
　　──開放探親的望鄉辭之三　虛聰映月,風鈴清切╱白菊棄豔冶蟋蟀響空階╱在這城池行樂不到的郊野╱寒燈搖夢參商傾斜╱似帆的樓影強掩殘夜╱正是浮桴孤忠婆娑熱淚╱素箋連篇,重關荒遠╱霜鬢為再見筆墨先晤面╱一分半秒賽過韶光四十年╱鄉音喉間以免無言╱否則氣血砰湃的懸念╱如何哭笑天外來的眉眼
　　高堂阿母,諸姑伯叔╱雖齒危禿猶頻問歸途╱況若雲雨飄忽只在朝與暮╱但有誰知春秋歲除
　　銜恤的遊子跋涉陌路╱惙惙征徂惟恐承歡失誤(吳明興,1988)
[4] 曼陀羅創刊詞:說明同仁來源為:「來自四方面,其一為原南風詩刊同仁(16.),其二為原象群詩刊同仁(7.),其三為部份薪火詩刊同仁(6.),其

　　楊維晨的〈勸懶歌〉呈現了編者美學上的堅持，亦是《南風》、《曼陀羅》、《象群》一貫美學風格的走向。

> 可以躺切勿坐
> 可以坐切勿站
> 可以站切勿走
> 可以走切勿跑
>
> 可以發呆切勿思考
> 可以模仿勿創造
> 可以等候切勿尋找
> 可以跟隨切勿叛逃
>
> 可以睡覺切勿談笑
> 可以談笑切勿知道
> 可以知道切勿傷心
> 可以傷心切勿煩惱
>
> 你總是要跑你總是要跳
> 你要尋找你要叛逃

四為新加入者（3.）。這些年輕的詩創作者，有不少已獲得詩壇多方面的肯定，且絕大部分已寫詩有年，相信現代詩讀者對之應不陌生。」
組合的過程為楊維晨所策動，他希望「讀者和作者層面好能再擴大，且若欲長久發行，行銷上至少要能回收成本。筆者行銷南風、象群有年，雖然使現代詩刊擺上了『暢銷書』的枱面，但談到回收成本，畢竟還是差了許多……詩寫得好的詩人及其作品常遭冷落，讀者讀不到誠懇而有藝術深度的好詩，乃至終於逐漸失去了廣大的讀者兩年來情況略微好轉，但詩仍然派派系林立，乃至市場分散；老一輩詩人或已根深蒂固，且已各有固定市場與地位；但年輕一代辦的詩刊如雨後春筍紛紛出現，彼此呼應；筆者以為若能聯合趣相近者，共同出刊發行，或許能打開現代詩的窘境」（楊維晨，1987：15）

你要談笑你要知道

你要傷心你要煩惱（楊維晨，1990）

4.2 古典主義詩學

17 世紀末葉的法國，是時封建貴族階級和新興階級上層達成一種共識，那就是維護貴族有效統治，又有利於資本主義快速發展的退讓與妥協政策。反映在文學上，提出以古希臘、羅馬為典範，以笛卡兒的理性哲學為基礎，在內容上強調宏觀體栽的描述，節制個人情慾，重視語言的優美與技巧的運用，展現知識形式藐視感情。（孫俍工，1978：86；文強堂，1986：568；商務印書館，1984：76）

如此定義下的古典主義，在台灣新詩發展上，似乎有了質變，勉而歸納，創世紀詩社於 1950 年代初期倡議的「新民族之詩型」，可以說是較為符合此一壓抑小我，詮釋大我的精神。

張默（1954：2）於《創世紀》刊號上更明確點出：「堅持詩的民族路線，建立鋼鐵般的詩陣營，並徹底肅清赤色、黃色的流毒。」早期的創世紀詩人，乍看之下彷彿就是古典主義詩學的代表。但台灣的古典主義，或者說華文世界的古典主義，並沒有全盤接受西方的「橫的移植」，而前面所謂「古典的質變」，指的是華語氛圍下取是捨非，望文生義下的類古典主義美學。

華文新詩的理論基礎，首見胡適的「文學改良芻議」（1917）之八不主義[5]對傳統的反動成為其詩論的主要態度。現代詩在台灣

---

[5]　即：1.不用典。2.不用陳套語。3.不講對仗。4.不避俗字俗語。5.須講求文法。6.不作無病之呻吟。7.不摹仿古人，須語語有個我在。8.須言之有物。
（轉引自旅人，1991:11）

歷經約四十年後的翻轉，一直到余光中的《蓮的聯想》（1964）時期，才又確立溶入古典，銜接傳統的抒情基調。（楊昌年，1982：337；張健，1984：89）

藍星詩社所發行的《藍星》詩刊，僅且是前身借《公論報》所出版的《藍星周刊》，覃子豪主編的《藍星季刊》，余光中及夏菁主編的《藍星詩頁》皆不標舉任何主義，詩作側重象徵與抒情，雖不言援引古典，卻暗合中國文學「溫柔敦厚」之抒情風格（楊昌年，1982：308；古繼堂，1987：182）。

相較於藍星詩人的含蓄，1962 年創社並創刊的葡萄園詩社及詩刊，就大力標舉其「明朗、健康、中國」的鮮明路線。

> 我們認為：如何使現代詩深入到讀者中去，為廣大讀者所接受、所歡迎，乃是當前所有詩人不可推卸的責任。我們希望：一切游離社會與脫離社會讀者的詩人們，能夠及早覺醒，勇敢地拋棄虛無，晦澀與怪誕；而回歸真實，回歸明朗，創造有血有肉的詩章。（文曉村，1962：17）

1962 年創刊的《葡萄園》，當他們在 1982 年歷經二十年的默默出刊後，在〈社論〉中提到：

> 二十年已經過去了，《葡萄園》倡導現代詩走「明朗、健康、中國」道路的主張，對現代詩由晦澀回歸明朗，由貧乏虛無回歸真實健康，由過分西化回歸中國植根泥土的過程中；在提供無私的園地，培植新詩人的默耕耘中；在新詩教育的紮根工作中……，究竟付出了多少犧牲奉獻？發生了多少影響？用不著我們自己吹噓，留待歷史去做公平的裁判。（文曉村，1982：94）

　　才提到留待歷史做公平裁判的社論,行文到結尾處仍忍不住為自己做了註腳:「如果說『明朗化』是挽救現代詩『晦澀』病毒的一劑良藥,是一個歷史性的任務,那麼,今天這一歷史性的任務應該可以告一段落了。(文曉村,1982:15) 與藍星詩人相對照,葡萄園詩人顯然急切得多,李春生也送上花籃,直誇「由此可知,葡萄園諸君子之要求『縱的繼承』與提倡『明朗』,是基於歷於史的責任所驅使!」(李春生,1985:248)

　　「明朗、健康、中國」一直是葡萄園詩人相互信守的標的,花甲白丁的〈隨葡萄園旅遊團(四帖)〉,是典型的〈葡萄園〉詩風。

　　　失望

　　　根本沒點酒意　　美感
　　　只是一團耀眼的光芒

　　　蒼白的還不如被你
　　　踩在腳下的
　　　嵐色
　　　雲海
　　　美得像
　　　一首詩
　　　一幅畫

　　　即使以詩做餌亦難釣出
　　　你本來的神韻
　　　荒蕪前的身世
　　　倒酷似一個趕場參選的政客
　　　場場不忘凸顯自己的形象

　　企意

　　聲音

　　（八十六、十一、二阿里山觀日出有感）（花甲白丁，1998）

　　詩刊與投稿者向來有者一種隱性的互動，詩刊設定刊物風格，投稿者亦不免「投其所好」。新世代詩人紀小樣的〈山居過境圖〉，對比著同時期在笠詩刊發表的〈槍枝〉[6]，風格迥異，只能說創作者面向的多樣吧。

　　山村

　　坐在秋風裡

　　山徑

　　躺在夕陽下

　　路旁的狗尾草

　　爬過岩石的膝頭

　　微微警戒……

　　一彎小溪自上游來

　　散散的

　　像一條寬鬆的腰帶

　　老樵夫把斧頭舉起

　　停在半空中

　　沒有人知道

---

[6]　必須用血灌溉的
　　沒有年輪的
　　草木植物啊！
　　——怒放著
　　肉體的花。（紀小樣，1998）

66

他到底是要落下
還是要再舉起……

一縷炊煙
拒絕落款
娘娘娜娜地
沿著視線　升起
把天空又給抬高了……。（紀小樣，1997）

余光中（2000：80-81）於 1963 年的《文星》雜誌對「用典」
有如下說明：

> 也許有人會說，古典文學的意境，怎麼可以納入現代人心靈
> 活動的範圍呢？表面上，這種意見似乎很合邏輯。實質上，
> 任何稍具文化背景的心靈，莫不深受古典文學的作用，而在想
> 像上，不知不覺之中，呈現古典或神話的投影。一個民族的古
> 典、神話、宗教、傳說、民俗等等，實際上等於該民族潛意識
> 的倒影，也可以說，等於該民族的集體記憶；它們存在於傳
> 統的深處，一個民族的想像，往往在這神奇的背景上活動。

可見用典實則豐富了民族的想像，曾經極度擁抱西化的余光
中，在擁抱「雙人床」、「聽聽那冷雨」之後，開始遺棄情婦，重新
懷抱中國。

同為藍星詩人的楊牧（1989：68-73），認為古典的價值在於「直
接的和間接的，明顯的和隱約的，告訴我們一些其他任何生活經驗或
學術訓練所不可能流露的真理。」他進一步解釋古典，稱「古典就是
傳統文學裡的上乘作品」這作品通過時間或各種尺度的驗證，而會
「始終結實地存在」，這個古典對楊牧而言，正是詩的真理所在吧。

4.2.1 解散前的山雨欲來

大約自 1970 年前後，由於民歌運動的興盛，因緣際會地採用了許多現代詩人的作品譜曲，余光中的〈鄉愁四韻〉、徐志摩的〈再別康橋〉、王昶雄的〈阮若打開心內的窗〉皆是街頭巷尾傳唱不綴的歌曲，龔鵬程（1978：181）回憶說：

> 民國六十五年十二月，一個陰濕森冷的夜晚，我穿過淡江校園繽紛錯落的海報叢林，聽到學生活動中心裡「民謠演唱會」喧鬧的聲響……就在這一夜，台灣藝文導向竟起了絕大的變動——原來，在陶曉清主持，時光合唱團主唱的演唱會中，居然有一個楞小子跳上台去，問：「你是中國人，為什麼不唱中國歌？」、「為什麼民謠演唱會不唱中國民謠？」……這個人就是李雙澤。而他獲得的答案，則是一陣噓聲和陶曉輕蔑的回答：「中國有什麼值得唱的歌？」……同學們說：如果中國沒有歌，我們來寫，於是，民歌運動就起來了。

關於同一個場景，陶曉清當被問到這個天大的問題時，當她回答：並不是我們不唱自己的歌，只是，請問中國的現代民歌在那裡？我們還沒有能力自己唱的歌。此事件與前一年（1975）楊弦在中山堂演出的「校園歌曲」，同為對西化的一種反動（張釗維，1994：113-114）。

當民歌運動沸沸揚揚，藍星詩人群似乎仍不動如山，偶有聲音，也出自社外刊物高喊著「我們敲自己的鑼，打我們自己的鼓，舞動我們自己的龍」，1973 年龍族月刊第九期的評論專號，像一顆炸彈般地投向詩壇，對於大中國的想望情溢乎詞。高上秦（1973）說：「世界性的追求，必須經由民族性的洞察烘托而出……我們確

信改革的必要，對於傳統與現實批判，正是一個文化具有健康活力的具體說明……一個文化的腐蝕或社會的解體，正是從語文的浮濫與矯飾中開始。」；余光中也說：「台灣的現代詩已經到了應該變，必須變，不變就活不下去的關頭了。」（余光中，1973）

而在 1970 年代，隨著大環境的自我意識抬頭，政治上有黨外刊物如雨後春筍般成立，文學上則在一向保守的校園，紛紛成立詩社，就這樣龍族及其他諸如主流、後浪、大地、暴風雨等詩刊與詩社紛紛成立。這些詩刊雖都只曇花一現。二三年內鳴金收兵，更多的不知所終。但詩人們前仆後繼，尤其解嚴前後崛起的詩人群落，更加可觀，在質量上均有出色的演出。

4.2.2 從草原到珊瑚礁

取樣藍星、葡萄園、龍族的發展歷程，台灣的類古典主義仍一路脈脈地傳承其影響，1970 年代校園社團的火苗，解嚴前後仍持續茁壯中，其間以輔大「草原詩社」及北市師「珊瑚礁」最引人側目。

創刊於 1984 年的《草原》詩刊，前身為《草原文學》（1983），林明德教授掛發行人，社長為藍博洲，總編輯為徐善文，為四開四版報紙型刊物，林明德以〈一枝草一點露〉一文聊表創刊宗旨，希望藉由文學討論、觀摩，使文學生活化、趣味化，而研究內容廣泛，包括：詩、散文、小說、戲劇、文學批評等（林明德，1982）。李赫回憶在校時任「草原文學社」社長的點滴，說到他將畢業時，將社長的棒子交給張大春，還不時找機會回校座談，足見當時活動的熱絡（李赫，1982）。這份發行量達五仟份的《草原文學》在二年後改組成為《草原》詩刊，編輯部也移出校園，設址於鄰近輔大新莊校區的泰山鄉，發刊詞以〈尋訪〉為題：

　　　這裡很靜了
　　　很久沒有鳥鳴了
　　　葡萄架慵懶地匍伏地面
　　　藤架倒塌　籬笆傾圮

　　　我在淡淡的三月走過
　　　一朵破土而出的野玫瑰
　　　自風中招搖酡紅的小手

稿約上則註明為季刊發行，採八開大小印製。張信吉（2004）提到選稿的標準及外界的評價表示：該刊設有編輯委員會，多為自願參加，選稿採輪編制，「並無強制性從屬關係，但多能尊重輪編者的義務及職權，稿源內外稿均有，內稿亦要大家同意刊用，所謂核心價值也許很懵懂，能確立的是發皇詩學而已。」至於專題部分，則按創作量多且較受同仁肯定的同仁輪流製作，雖然「較具自我推銷色彩，事後看來仍具水準，當時外界或許以欽羨眼光視之，整體而言以當時年紀論詩，功力水準以上但未到達驚異水準，且文壇被特定人把持，年輕人只有自力救濟，老一輩人說要提拔新生代其實是虛話，也不必要。」這段話點出青年詩社創社的原委，及其間活潑的編輯運作模式。

　　可見得草原詩社雖興起於校園，在一半成員皆為文學院的背景下，詩作風格仍傾向古典，但也有對生命知性的察覺，吉也的〈有贈〉提及：

　　　一隻青枝的雲雀
　　　從我身前溜開
　　　停在紀念碑
　　　向我微笑

似乎是

我們的

生命史

醒著

唱歌（吉也，1985）

　　草原詩刊仍以詩作發表為主，前二期（1984 年 3 月，6 月。）
總編輯為南寧，第三期起設編委會會審作品，該期外稿十五篇，僅
取二篇，發行量為三千份。而預定在 1984 年 12 月出刊的冬季號開
始脫期，〈編後語〉中說：我們決定冬季春季兩期一齊出刊，但仍
一期一張。顯現詩社浮現某種不安定警訊。

　　專題企畫部分以吉也專輯（詩展）呈現：出刊於 1983 年 3 月
（春季號）；曾淑美專輯（1985 年夏季號），並開始推出評論文字，
有趣的是，紀年方式亦從民國改為西元：刊物型態也因此趨於穩
定，在模索中找到路向的同時，於 1985 年秋冬聯號編後語中宣稱：
「此次秋冬聯號（七八期）是本社詩葉形式的最後巡禮，本刊自民
國 73 年春創刊於泰山，邁入第三個年頭，將以書刊形式與詩的愛
好著見面。」可惜的是，此期出刊後便不再見到「草原」踪影，秋
冬聯號中介紹的專輯人物是墨白，林明德（1985）引介說：「他的
詩語言頗有古典的意味，期盼正修（墨白）能夠正視現實，增拓經
驗，為時代見證為大眾發言為草原文學留下「輝煌的一頁。」

　　只可惜林明德教授一語成懺，「墨白作品專輯」，也成為草原詩
刊絕美的休止符了。

　　而 1986 年 4 月 15 日創刊的《珊瑚礁詩葉》，只有菊版八開大
小，發行由林于弘掛名，編輯為游文人，出版單位則由珊瑚礁詩社
銜名，創刊的話以〈珊瑚礁〉為同名詩，提及：「我們是最初與最

末的耘者／但，我們不流汗／我們流血／為了釀成一首詩／需要殺死全世界的詩人」。刊物的豪情壯志「向世人宣告：『珊瑚礁的軀殼裡，詩的靈魂永生不死！』」其社址仍掛在今日的「北市師」愛國西路一號。創刊號除創刊的話之外，共刊出十首詩作，陳莉貞「茶香未若紅　顏美／傲骨不遜寒梅」充滿習作似並不飽滿的矯作意態，而許進興的詩題故意寫成：當「窓」外的銀鈴響起，則是刻意使用古字，意圖銜贈古典的情緻。

珊瑚礁前三期採單月發刊，二三期型式為菊四開大小，採圓盤機快速印刷，作品仍以抒情風格的詩作為主，惟一篇書介是張崇仁（1986）引介〈菩提的飲者——淺說慕台〉：「慕台他已經有形成自己語法特色的趨勢，對其慣用的語法，我想用「節約的語言」來比擬，應該是很適當的。」

1986 年 4 月創刊的珊瑚礁，在歷經三期彷彿試刊號之後，第四期改為雙月刊，開始增加訂閱及零售的活動，然而，前三期以兩千塊不到的資本出刊，人數只有六個人的珊瑚礁，一下子成長了三倍以上，直逼二十人，儼然是個不可小看的文學團體。（林于弘，1986），專題製作部分，第四期起則增加了「人坊」[7]單元。亦增加「出版消息」企欲與詩壇建立溝通的管道，擴版後以菊四開發行，為凝聚詩社向心力，亦增設「珊瑚礁短波[8]」，主要與詩壇互動，並報導同仁近況。

方群說：（2004）詩人坊是為了增廣同仁對詩境的視野。先後有楊牧（第四期）、洛夫（第五期）、余光中（第六期）、瘂弦（第七期）、覃子豪（第八期）、白萩（第九期）、羊令野（第十期）、

---

[7] 專題應為「詩人坊」，為該刊編者誤植。第五期即改正。
[8] 如本期有四則訊息，前二則為同仁訊息，說明陳莉貞與林于弘（方群）分獲徵文獎項消息。後則為講座及寫作班開課資訊。

周夢蝶（第十一期）、鄭愁予（第十二期）、楊喚（第十三期）、瘂弦（第十四期）等，藉由詩人介紹推薦詩運，人物及於四大元老詩社，成為該刊最大的特色。第四期起平凹版印刷，印刷較前三期精緻，美術編排上亦清新可取，成為自校園出走的刊物中清麗雅緻的聲音。

4.2.3 風燈再起？

不同於校園純樸學子的新聲，社會人士基於喜好而倡組的詩社，此時，亦展現煥發的氣象，許多於 1970 年代創社的當時的新興刊物，也在解嚴後在詩壇上重新發出聲音，但都是斷斷續續的西北雨，嘩然之後就各安其命。

《風燈》詩刊創刊於 1978 年，也選擇在解嚴後復刊，編輯企劃上仍舊以刊登詩作為主，惟復刊二期（1986 年 4 月）因許藍山過世製作其紀念專輯，風燈雖由高師範班底擔綱，但對外不像《珊瑚礁》、《草原》那般具有明顯的學生實習刊物的性質，詩作作品深具古風，且在同仁寒林、楊子澗、劉希聖、吳承明等共同努力下，對外界而言，《風燈》已不侷限在校園刊物中了。東朴（1988）讀許藍山作品時即言明：「中文系的傳統，兼之以涵溶於古典詩的堂奧中，許藍山的現代詩處處可見古典文學千絲萬縷的糾葛。基本上他承襲了中國詩歌言志的抒情傳統……所以在許藍山的詩中，批判精神嚴重地不足」以詩的薪火傳承自許的《風燈》，只是一個樣相，若我們觀察另一個個案《詩潮》詩刊，則會發現，第六集與第七集之間，足足間隔了五年的時間才再出版，這又是詩社或說是文人隨性的經常性通病了。

該刊委託藍燈書屋發行，編輯上俱見企劃的用心，第六期有「詩潮論壇」單元，收錄有高準〈略論艾青的詩〉、袁可嘉〈關於

「後現代主義」思潮〉等五篇,「詩海潮音」有王川以〈絕版六十年重見天日〉介紹台灣第一部詩集《亂都之戀》(張我軍作品)於遼寧大學出版社重新出版;降邊嘉措與秦文玉共同執筆(東方荷馬——札巴·阿旺嘉措),這位藏人的史詩作者。「民族詩選」內容有愛新覺羅·玄燁的〈康熙詩抄四首〉、梁啟超的〈台灣竹枝同〉五首等,譯介及書介均不餘遺力。至若現代詩展部分就更加精采了,以年齡區隔的「中年代詩人作品」,何捷主選的「台灣當代現實詩選」,藍海文、傅天虹等人的「香港詩展」,「青年詩人作品」,「八十年代前期大陸詩選」,以上皆為一時之選,只是不知著作權的取得是否合宜,尤其是大陸詩選之部分,原報刊載據伯恩公約規定,是不能逕自授權刊行的。雖說對於詩運的推展,仍是有所助益。

　　1994 年 12 月《詩潮》第七集出版時,仍維持「詩潮論壇」、「詩海潮音」單元,「民族詩選」則更名為「傳統詩詞」,並增加了「古典新讀」,刊有高準對〈《離騷》新潭〉的評介文字,詩作部分區分為「台灣詩人作品」、「覃子豪在台未刊詩選」、「大陸詩人作品」,有趣的是封面採用鄭成功在廈門望向台灣海峽的一幀照片,特刊標誌出該刊堅持的宗旨,高準任社長兼主編或總編,詩人的意識型態依然主導刊物風格的走向,例如其著名詩作〈中國萬歲交響曲〉[9]由題目可見一斑。

　　詩潮在高準規劃下,成為古典主義的一個異數,作風之開放與胸襟之包容[10]在古典主義的隊伍中也難有其他典範,然而在以本社

---

[9]　高準〈中國萬歲交響曲〉作於 1976 年,經 1984 及 1990 年兩度修改,定稿刊於《詩潮》第七集,頁 123-130。全詩適合歌吟,氣勢磅薄、深具朗頌詩的特質。此隨機摘錄如下:啊啊,祖國呀祖國!/地靈人傑的創造奮鬥的家園!/我願你神州十億,人人盡是英雄!/我願你五湖四海,處處奮鬥著豪傑!/我願你萬里江山,遍地歡聲雷動!我願你百世千山,永遠立地頂天!

[10]　如:何郡、郭楓、林華洲、邱振瑞等,都是台灣「寫實主義」知名的旗手。

名義刊出的〈告別讀者〉裡，高準詳列一至七期新詩共刊出四百四十一首，現代名歌四十一首，傳統詩詞十七九首，歌曲一首，文六十篇，函札二十八件，散文（編後、詩訊、小啟）等十九件。另羅列剪紙、木刻、古代詩人畫像等等，在結語中又再度說明，「《詩潮》已完成它在新詩發展史上應有的任務」，惟恐詩史忘記了「詩潮」。

詩潮確實在企劃編輯上立下了典範的意義，但出刊的間隔從1977 年到 1994，十七年間出刊七期，應是其最大的缺憾，但也受制於文人習氣的隨興及對市場的棄守吧。

創刊於 1993 年的《中國》詩刊，主要同仁有一信、雨弦、徐大等人，比較特別的是，詩風格極其前衛的女詩人顏艾琳也列名其中，創刊詞中周伯乃（1993）自信地說：

> 我們一直以擁有五千年文化歷史而自豪，也一直被世人稱為詩的民族而自傲。因為擁有豐碩的唐詩和宋詞，這也是世界上沒有任何一個國家能與我們相提並論的。然而，文化的不絕，僅僅靠緬懷或承襲，是不夠的，是要靠不斷的開創與傳承。中國新詩的產生與發展，就是依循這一條歷史軌跡而來。

中國詩刊以新詩學會會員為班底，採季刊發行，內容以同仁相關詩集，詩作與印象式書介最多，亦採用外稿，並無太凸出的企畫製作，與一樣崇尚古典抒情主義，涂靜怡主編達三十年的《秋水》詩刊，在選題上相去不遠，也近似《葡萄園》詩刊。

還有，興起於中台灣的《黃河》詩刊，「是中部地區學生的一個新詩聚落，也就是說，當時社員的平均年齡都未滿二十歲，接觸新詩之初，未擺脫升學主義下『國文』以古典領軍的氛圍，加上鄭愁予詩風在該年代的陶染，《黃河》詩社成員當時確實是有濃厚的「古典主義〔抒情〕美學」傾向，後來有洪凌及繁運隆的加入，這

個部分就稀釋了許多。而黃河詩社在各個成員服兵役之後，雖然不復聚會，但是因為過去的實質活動（研討會），無形中已相互感染，建構出一套在文字中不斷反省的詩觀，這可能是日後李進文和本人繼續寫下去的動力，對台灣詩學或許沒什麼貢獻；但不是典範，至少是一種推移。」（嚴忠政，2004）

時任社長兼總編輯的汨人（嚴忠政），以〈兵馬俑〉為題，道出了對大中國孺慕的情思。

> 你默默在阿房宮外
> 挺住了二千年的對奕
> 若非狼
> 我何以探知
> 最初，限武談判的遺址
>
> 你默默的在阿房宮外
> 用上萬個頷腮去頂撞赤壁
> 以無數個腳踝與山河接踵
> 再再的，上扼天穹
> 下壓黎庶
> 挺住二千年的對奕
> 一場始皇與地府的棋局
> 戍守沙丘夢魘的關隘
> 關於死亡
> 已經是，另一個帝國的開始
>
> 若非狼嗥
> 驚動蟄伏的黔首　數千年後

琅邪臺也只能拓印
一幀中共的靦顏

我何以探知
大一統的中國
除了醫藥、卜筮、種樹
焚書燒窯
是軍容壯大的緣故

在最初限武談判的遺址
每一椿，都是錐心的國格
從你橫掃六合的眉宇
檢視搏泥媾合的仰角，所謂瑰寶
近到壓迫我視覺神經的距離

曾經水調，曾經火焙
面對可能粉碎的鎧甲
以及，擺不動的長襦
你仍是，最適合典藏的
名詞

關於戰爭
或者藝術（汨人，1988）

　　只出刊一期的《黃河》詩刊，首創「公車詩選」，結合媒體的
努力實在功不可沒，該刊創刊之際，刊頭語是──「本現代文學，
濁出詩的容顏為契機」，這也就是說，「當初我們取『黃河』二字，
一方面是要濁（走）出詩的容顏（自己的詩觀），一方面是取其盛大
之志。因為相對於唐詩的成熟度，新詩所要追尋的典律（canon）就

77

當時而言（目前也是）仍然沒有一種能夠被確認為經典的那種規則、標準或尺度，年輕一代的詩人也不再遵循舊有的美學原則，詩社群起。而我們只想走自己的路，那條路是什麼？我只能說，隨著詩齡增長，我們的詩觀也都有所改變了。」（嚴忠政，2004）古典主義猶如一條綿脈的長河，穩當地流經山河的歲月，偶有如《詩潮》的湧淘，但畢竟並不多見。古典主義詩學傾向的詩刊或詩社並不擅長詩運動，在他們的核心價值裡，刊登同仁的詩是最大的標地，古典主義的「無為」（白靈，1794：145-150），或恐就是一種出版策略吧。

4.3 寫實主義詩學

　　1980 年代台灣文學的另一個機會恐怕還得回到泛政治性格的寫實傳統上來。台灣文學如果喪失與台灣社會脈跳相連的精神，台灣文學如果自別於台灣社會、人民追求生存、福祉的行列之外，台灣文學如果不能燭照著台灣人民的未來與希望，那麼所謂台灣文學便必然失去文學的根源。」（彭瑞金，1995：313）

　　台灣詩運動歷經幾多波折，一直到 70 年代初期龍族詩社提出他們的宣告，台灣新詩的發展，才由現代派的出世轉而入世，而龍族的精神，「也就是開放的精神，兼容並蓄的精神。」（陳芳明，1973），相信多元面貌的存在，是一種寬容的美德，原因是他們不願激化對立，臨願以平安作為相互信守的原則。而「每個群體都是大社會中的一個獨立的單位，因此涂爾幹把這樣的單位稱為『區隔社會』（Seg-mental society）。」（安德魯，1990。）

　　除此之外，1980 年代詩社也漸趨開放性的發展，反應在詩刊最為明顯的是對立的衝突立場不再尖銳地概念化地去詆毀對方，向

陽（1985：44-45）更以為，青年詩刊出現的青年詩刊即有下列五
種特色：

1.多元思想的並存
2.民族詩風的重建
3.社會現實的關懷
4.本土生活的正視
5.大眾世俗的尊重

此針對民國 40 年後出生的作者群，當詩人於三十歲上下成為
詩壇創作主力時提出的觀察，某種程度標示出對現代主義若干的反
動與自覺。

吳潛誠（1988：55）以為廣義的文學作品都是根據實際人生而
來，他認為虛無的形式主義只是鏡花水月，幻像是極容易被戳破
的。一如盧卡奇（1988）提倡「整體性」（tolality）和「典型」（type）。
在他的理念裡，個人無法抽離自社會，文學需透過行動對複雜的關
係網路連結出來，此即整體性。而典型即被突顯的物件，不同於象
徵主義的遊戲，卻取法情景上的自然樣相。

而什麼是事實呢？什麼又是社會的事實？涂爾幹認定社會事
實：由外界的強制力作用於個人而產生的現象。這種強制力，或
者通過強制個人來直接地實現，或者在強制個人時由個人的反抗
而間接地實現，或者通群體內部的傳播力而實現。（Durkheim，
1989：10）。

詩刊在此，演出著此一角色，來成就寫實主義詩人的志業，進
一步解釋，亦即「一種強制力，普遍存在於團體中，不僅有它獨立
於個人固有的存在性，而且作用於個人，使個人感受的現象，叫做
社會事實。」（Durkheim，1989：13）

4.3.1 笠詩社

笠詩人銜接銀鈴會（1940 年代）的台灣文學命脈，以在地文學耕耘者自居，提出詩人志業的肯定、創作歷程的介紹回顧，及作品合評，期待扭轉詩壇不正當之方向（莫渝，2000）。所謂不正當，是寫實主義者眼界下的任意性與語言上的失焦、浮誇，笠詩人著重現實，視它為美好的土壤。白萩說現實文學就是寫實主義。「笠是包括了現代精神在內的現實主義的文學集團，而不是只是一種鄉土現實而已。」（鄭烱明，1998；305-306）

現實與寫實對笠詩社來說屬不同範疇。寫實主義是對古典主義保守作風適合統治當局的意識型態的反動，所以笠詩人一向認為自己是「永遠的反對者」，保持距離的立場彷彿令他們的作品具有更清晰的審視視野。笠詩人努力的，是透過作品介入公眾事務，予以批判與參與。李敏勇（1987）曾對同仁或詩友如此呼告：「詩人們！我工作的同僚，不要再玩弄美麗的詩風，不要再耽迷於文字的陣圖，從我們腳踏的土地，眼前的死水的現實裡，從事真正的描繪，歌唱吧！因為旁觀者不但是罪惡，也會自陷於逃避的陷阱裡。」

根據桓夫（陳千武）的詮釋，「笠」的涵義與精神言，可有下列寓意：

1.草地的，亦即農村、鄉土的。

2.在野非在位的，亦即民間百姓的，草根的。

3.勞動的，打拚的。

4.踏實的、純樸的（轉引自戴寶珠，1995：2-07）

笠詩人不戴中國皇冠寧戴台灣斗笠的反抗意味，顯示其永遠在野的身分與性格。桓夫（1986）憶及，當時的環境祇準「中華」或

「中國」，不許「台灣」二字在刊物名稱上出現，負責《台灣文藝》的吳濁流堅決要以「台灣」冠名，數度透過親友警總洽談，才勉力過關。「笠」由於一層意象於刊名上的模糊包裝，不致產生困擾，但也感受到時代的肅殺之氣。而笠發行至 2004 年為止，共達二百四十三期，出刊已四十年，正如林盛彬（2004）所述：在選題部分，「我們並不刻意標舉自己是寫實主義，但作品所展現的，希望不要與土地跟生活偏離太遠。解嚴後我們也意識到社會的多元化，在作品取捨上，不會侷限在特定的範圍。」

另外，對於一貫堅持本土立場的《笠》詩刊而言，論及解嚴前的貢獻，林盛彬（2004）則說：「貢獻，這太沈重了。但我們一向堅持的，就是一貫的本土精神吧，唯有立足本土，才方便向世界展望。」

笠詩人的「作品合評」成了詩刊常設的專題之一，在作品的研討中亦常涉及台灣文化定位上的追尋：

> 臺灣人的祖國。依據先人告訴我們的唐山，是透過傳統的漢文、漢詩所得到伊美吉（image），也就是中國古代、漢朝或隋唐，或可以說是宋朝以前，停滯於歷史上的優美伊美吉（image）的祖國，這才是我們的唐山。絕不是單純以地理上，只認同土地的祖國。雖是地理上美麗的河山景色尚在，但土地上的人民政治主張、生活習慣早已變色……就毫無使我們懷念的祖國的存在了。（笠詩社，1989）

在論及陳千武作品時，詩刊也有這般意識型態的顯露：

> 戰後四十年來，臺灣的政府以及政府來台的軍公教人員，一直不忘記抗戰八年和敗給中共政機的仇恨，時時刻刻宣導恨

共匪、恨日本、恨蘇聯，甚至恨跟中共友好的國家。反之，
從來沒有教育過民眾應該持有「人類愛」的觀念。……不但
違背人性，造成臺灣內在精神上的孤立，在國際外交上形成
現今的孤立現象，也可以說就是這種頑固的心態作祟的吧。
（笠詩社，1989a）

關於笠詩社，陳千武在《美麗島詩集》編後記中寫到笠詩人如
何歷經語言上的跨越[11]，而這更是許多笠詩人的夢魘了，張彥勳便
回憶道：

我習學中文的歷程長達十年，我認為自己如果想要繼續寫
作，語言障礙不克服是不行的。光復後我在月眉國小任教，
不會北京話，於是請校內到過大陸的老師教我，今天他教
我，明天上課時我就轉教給學生，現學現賣，那時我已二十
歲，學中文的過程比起三、四十歲的人來，當然算是好一點，
但也不是那麼容易的。學說中文遠比較容易，但是要能夠用
中文思考與寫作，那就很吃力了，不過基於對文學的不滅理
想，我堅持有朝一日不僅要學好中文，並且還要能夠純熟地
用中文寫作。我那時候雖然已經是小學老師，自己學習中文
的歷程卻與小學生相去不遠，我為自己定下幾個學習步驟，
完全是計劃性的學習，首先是造詞，光這個過程就持續兩三
年；然後是造句，白天拼命看中文，將其中的好句子抄錄下
來，這樣抄著抄著，也累積了好幾本簿子，晚上則訓練自己
的造句能力；等我自覺造句已沒有什麼問題之後，就開始進
入寫作的練習。如此從造詞、造句到「作文」的階段，就費

---

[11] 這裡所指「跨越語言的一代」，是指經過語言的重新學習，由日文轉為華語
寫作的本省籍詩人。

去整整十年的功夫，這才敢再回到文學的舞台。（施懿琳、
鍾美芳、楊翠，1993）

　　笠詩社在書寫技巧上取法即物主義，解昆樺（2004：319）談
到其技巧運用時從發現：「笠詩社詩典律在強調現實主義的精神
下，他們反對過度的形式實驗，以及晦澀的超現實語言。他們在創
作上強調使用平實的語言，並吸收新即物主義的觀點進行創作，強
調對物象作意義上的發掘，通常在一首詩中僅營構一主題意象。」
此種創作手法，不僅止於外物的描述，重要的是，「將詩人心中所
欲傳達的意念『物化』，在書寫的主題事物的描述語句中，與詩想
的語序進行關連」。《笠》的寫實風格與傳統，四十年來均默默執行
著，現實人生的關注亦是該刊選題重點，以台灣九二一大地震為
例，二○四期的《笠》詩刊便即時呈現此變貌。〈大地震〉一詩，
李魁賢的「罵人的口」對照「大地張開千口」，十足的諷喻在文字
中呈現。

　　　大地張開千口
　　　把一幢幢大樓吞進去
　　　像巨蟒吞著大象
　　　像鱷魚吞著河馬
　　　吞到一半
　　　大樓就傾斜了
　　　有的口吞汽車
　　　有的口吞瓦斯筒
　　　有的口吞進了一大片黑暗
　　　不要探看裂開的黑洞
　　　裡面會吐出小蛇來

那就繞學校操場跑
田徑掗起成為障礙跑道
學生架起帳蓬上課
用笑聲去餵那些
什麼還沒吞到的小口
下一些人和地震競賽
開口練習罵人（李魁賢，1999）

身陷災區的詩人陳晨，寫出〈我是一片拼圖〉，其中第一節寫道：

一、那一夜：
暗中，多麼貼近死亡
忘了名字，忘了疼痛，忘了世界哪裡還有光
素了我們都是一片片的拼圖，在搖晃的島嶼各分散
而一切都不再是夢！
夢裡不該淌著不止的血和淚
呵，在傾斜的國度
一片片拼圖緊握著倒下的記憶
怎麼也拼不回完整的家……（陳晨，1999）

《笠》詩人號稱台灣最大的詩集團，立足本土的視野，亦成為相對於廣義現代主義的創世紀詩社及現代詩社，另一種典範的追求。

4.3.2 隔岸開火

「有話就是要說，反對就是到底。」這句苦苓掛在嘴上的名言，相同地，一樣反映在僅刊行三期的《兩岸》詩刊之上，就寫實主義

著重內省的創作原則來看，它提供了很多議題的設定，使詩刊論題集中化，凝聚焦點，是少見的編輯企畫上傑出的範例。

在該刊的〈卷頭語〉苦苓強調：「《兩岸》的所有園地都是公開的，尤其歡迎反面意見，任何文章保證一字不易刊登，希望能以公開討論，辯證的方式，改變台灣詩人向來的耳語，漫罵、黑函對付異見者的習氣。」（苦苓，1987：卷頭語）

《兩岸》標榜「開放的、批判的、前瞻的」，創刊號封面為一裸身男子張開雙臂迎向鎮暴警察，顯示不懼威權的刊物特性。

解嚴後的寫實主義除了《兩岸》出來虛晃幾招之外，似乎「兩岸」也是啼不住的猿聲了。多元社會分眾後的結果，寫實主義似乎在論述上還是停留在以盧卡奇與即物主義為主的陳述，至於詩人作品，也由於解嚴後頓時失去了方向，這個永遠的在野者，是該了解自己下一個動向的時候了。

林盛彬（2004）承認，在企畫編輯上，確有不足之慮。單單一人藉由工作之餘掌理編務，其實還是沒法盡力做好一些企畫工作的。執掌部分，他解釋道：「2001 年起，我接任主編工作。多半我一人從選題開始，之後集稿、規劃，一直到文字確認並落版完成，便交付高雄同仁排版付印，原先排版我也自己來，但因為電腦系統上並不相容，一時之間無法即刻解決，因此作罷。本刊設有編委會，但考慮到平日大家皆忙，只有在像年會或作品合評時才會積極動員。」可見詩刊人力的運用極少，組織雖設有編委會，卻只在特定時間才會動員詩刊同仁來參與。

4.4 後現代主義詩學

詹明信認為後現代主義的出現與現代主義及寫實主義不可分割，應以階段性的文化風格與文化邏輯來定義其語言關係。（詹明信，2002：169）這種心理結構上的移轉，反應在語言學上，則以索緒爾（Ferdinand de Saussure，1857-1913）的符號學理論首先在 1980 年代末期的後現代風潮中被經常援用，索緒爾強調歷史的演化及其性質，沒有相互的關連性，意符（signifier）與意指（signified）之間是獨立而完整存在的。（Steven Best & Douglas Kellner：40）

而後現代如何定義呢？評論家孟樊則說：後現代本身是拒絕被定義的，且每一次的展示，都是一次文本的再現。（孟樊 1995：225；2003：23）既然後現代不再稱文學作品（literary work）為作品，而改口「文本」（text），那麼文本的發表亦是創作者身心介入的延伸。鄭福祥（1999）提及：

> 從時間上說，我們始終處於現代，追求新異；而從特徵與風格上說，後現代主義並沒有割斷與現代主義的聯繫，後現代主義是從現代主義的母腹中成長發展起來的。它一方面是對現代主義出現的一些新風格的萌芽與發展，另一方面又是對現代主義的反叛

而台灣後現代詩的推廣者，當屬羅青在創作上最力。林于弘（2004：360）認為，後現代是一種「奪權」，這種「讓想像的奪權[12]」

---

[12] 楊宗翰（1976-）個人網站名稱，足見新世代詩人或學者企欲展現的企圖。
http://home.pchome.com.tw/art/yangtsunghan

是 1980 年代末期迄今的一個徵候。然而後現代詩的特色何在呢？
陳義芝（2000）說：

> 1.不再追求個人主義風格的創新，反而將仿造（pastich）作
> 為一種寫作策略。
> 2.以不連續的文字符號建構出有別於傳統、不具意旨
> （signified 的語言系統。
> 3.創作的精神不在於抒發情感，而在於表現媒介本身；不在
> 於呈現真實事物，而在完成一種廣告式的幻像。
> 4.表現手法不依賴時間邏輯，而靠並時性空間關係的突出，
> 景物與景物間、事件與事件間，因互不相屬而留下更多聯想
> 的空間。
> 5.要求讀者參與創作遊戲，讀者可以在作者有意缺漏的地方
> 填入不同的意符而產生不同的意旨。

　　後現代詩正由於它的不確定性與包容，使得文本超越束縛不停
地向前突破，然而也有不同層次的思考面向，〈數學考【1／？】〉
是後現代氛圍最為高漲時期的作品，林群盛同時亦成為張漢良所大
力肯定，少數後現代主義的實踐者。

> ＋　妳捧著 17 束菊花那樣多的陽光睡去
> －　我正好被一杯陽光澆醒
> ×　夢中的妳發現 3 顆星星遺忘在書桌上沒帶出門
> ÷　離夜晚還有 99 個星座的我開始演算
> ＝　今天恰好 0.4848 日偏蝕（林群盛，1989）

對後現代氛圍的到來，學者陳芳明（1998）提及：

潛藏於社會內部的文學思考，雖曾受到長達四十年的戒嚴體制的壓制，在解嚴後卻立即釋放豐富的能量。原住民文學、台灣意識文學、女性意識文學、眷村文學、同志文學、環保文學等等的大量出現，不僅證明一個多元化思考的時代已然到來，並且也顯示文學創作的豐收時期即將出現。面對如此繁複的文學景觀，有關台灣文學性質的辨識與論斷就成為學界的重要焦點。借用後現代主義的創作技巧，許多作家漸漸對各種霸權論述的文學主題展開挑戰。……無論是採取何種文學形式的表現，去中心（decentering）的思考幾乎是所有創作者的共同趨勢。恰恰就是具備了這樣的特徵，80 年代以後發展出來的文學往往被認為是屬於後現代文學。然而後現代文學的誕生，在西方有其一定的歷史條件與經濟基礎。遽然使用後現代一詞來概括台灣文學的性格，是否能夠真正掌握創作的作者的文化思考與立場，恐怕有待深入的討論。……

要討論今天的多元化現象，必須把文學作品放在台灣社會的文本來閱讀（textual reading），固然能抓住創作者的重要訊息，但是脈絡式的閱讀（contextualized reading）可能會更接近。

簡政珍也有所擔憂地指出：「後現代在某些寫作者中，是一場無所不可的遊戲，但在另一些人的心中，則充滿了政治社會的意涵。美學是一場拉扯，它將詩從遊戲中拯救，形成入世的寫作，在入世中，又避免自身成為政治或是意識型態的鍊銬。」（簡政珍，2004：350）

　　陳芳明與簡政珍切入的立場迥異，正符合了後現代各自表述的論點。這不也是個眾聲喧嘩的時代嗎？後現代正好符合了這個時代多元紛呈的情境。

4.4.1 「後現代狀況來了」

　　後現代狀況來了？什麼是後現代狀況。出現在柯順隆、陳克華、林燿德、也駝‧赫胥氏等五位《四度空間》的詩人合集《日出金色》中，羅青的一篇序文，正式揭露此一訊息（1986）。然而台灣最早出現的後現代詩，孟樊（1995）則以為在 1970 年代末期，夏宇的《備忘錄》詩集，即有許多精采的演出了。際此，後現代若是以時間和表現型態之概念做區分，又常常落入另一種強行歸納的陷阱，孟樊的〈詩人、招貼利害蟲──中空的台灣後現代詩人〉一文曾指出：

> 事實上，經過現代主義在歐美幾十年的洗禮，想要把關於「現代」詩的概念完全抹煞掉，那是很困難的，我們對於詩的認識，包括如何寫作：可以說是現代主義先驅們為我們留下的那一套。為要清除現代主義的詩人為詩本身所模造下來概念，亦即「現代詩的傳統」，後現代詩人開始重新「鑄造」詩的語言，他們企圖轉向向來被視為「非文學的近似體」（Nonliterary analogues），例如會話、自白（告解或口供）、夢囈等等，做為恢復那些在現代主義尚未奪權成功之前關於詩的見解和嘗試。（孟樊，1990）

　　後現代詩興起於台灣詩社多元紛呈的 1980 年代末期，但將其標舉為詩社理念的並未明顯見到，後現代詩成為一種風潮而非派別，許多的詩人如陳黎、向陽等青壯派詩人也多下海一試身手。

孟樊（1995：246-261）整理出台灣後現代的三組特性：一為「移心」即「脫中心化」，其二是「解構」以德希達的解構論點來看：「屬於一種詮釋的策略而非寫作指導」；再則為「延異」；解釋為區分、區別（to difer），即是「異」的真實含義。也提出此為空間的概念，而「延」則是時間的過程。說明了字語的任意性與偶發性，類似博議（bricolage）以片斷來建構整體的藝術機巧，事件即興式的演出。

「60 年代的現代主義與 70 年代的寫實主義，無可否認的，均在尋求統一的中心，儘管前者向內而後者向外在找尋可依附的真實」（孟樊，1995：280）而後現代否認真實，崇尚「誤讀」（miseading）。

「誤讀」成了後現代的思考策略，多元紛呈的後現代狀況動搖了詩社根本的理念凝聚。

同樣的我們也看到新興詩社相互跨社的現象，社員加入詩社不再抱持著同樣的意識型態，也不拘泥於詩美學究竟的展現，以《曼陀羅》、《象群》為例，雖然楊維晨總忍不住要銜接「現代主義」大玩「純粹的詩」但終究敵不過同仁作品實際的影響力量。

對「現代主義」同樣是《曼陀羅》同仁的胡仲權，同樣以〈現代主義〉為題，發表意見。

> 親愛的，我說
> 我對你說
> 我愛你，愛你
> 愛你愛你
>
> 親愛的，你說
> 你對我說

我愛你，愛你
愛你愛你

我們每天愛來愛去
不管別人的生死
不管鍋裡有沒有米
也不管口袋裡有沒有新臺幣

我們每天說來說去
只是為了證明
語言的魔力？還是
心裡的空虛？

親愛的，每天
我對你說
我愛你，我要和你
結婚

親愛的，每天
你對我說
我愛你，我要和你
結婚

我們每天都在驚嚇與安撫，只
為了
死前，還來得及
相信（胡仲權，1988）

後現代的狀況，其實正是價值漫散、思考多元，無暇過問立場的時空，多元、繁複、遊戲等等雜踏的理念並於一爐，有人說成紛亂，但這就是後現代！

4.4.2 「網路世代」（Net Generation）詩人的崛起

根據張默（1996）統計 1949 年之後，在台發行的詩刊共達一百五十種。有趣的是，發行超過十期或兩年後仍持續發行的。卻不到十分之一，解嚴後迄今依然持續發刊的，計有《笠》、《藍星》、《創世紀》、《葡萄園》、《秋水》、《台灣詩學》、《乾坤》、《大海洋》、以及復刊的《海鷗》等九家（《壹詩歌》及《現在詩》發行未滿十期，暫不列入），其中最年輕的《乾坤》，也有七年的歷史，發行至今有三十一期，也顯示 21 世紀之後，由於發表管道經由網路已打開「文本必須受載具接受」的迷思，詩人自行架站，或加掛於明日新聞台的風氣亦大行其道，創辦詩刊主力的年輕詩人對詩刊的經營並不熱衷，惟一的例外，是《壹詩歌》的出現。

2003 年 6 月，寶瓶文化公司繼 1984 年九歌版的《藍星詩季刊》之後，再次提供出版社編輯，印刷與發行的專業優勢，出版《壹詩歌》，創刊封面折口指出了這時代刊物的特質「終於我們是要把『我們這壹代』最強而有力的詩人們集合起來，這是壹群由意志編列形成的桂冠軍隊，拿的不是刀槍，我們緊握紙筆（當然免不了鍵盤和電腦），飄逸著橄欖葉香，開始向世人高喊唱出我們的行軍歌。」

以可樂王（1971-）為首的壹詩歌，在創刊一號中製作「怪獸」專題，展示「兩岸超現代詩人最強自選」，該刊第十七頁的刊頭，出現蔣介石與毛澤東的襯底影像，毛澤東發表〈青年運動的新方向〉，擇句置於刊頭文案；蔣中正則刊出〈中華民國退出聯合國告全國同胞書〉，相當趣味的對比與諷刺。

　　2003 年二月號《幼獅文藝》吳鈞堯主編曾製作「六出天下」的新詩專題，包括林德俊、李長青、鯨向海、林婉瑜等都在這兩份刊物分別現身，顯示青年詩人介入文學傳播的企圖與活力。

　　《壹詩歌》在目錄頁上註明發起人為可樂王及木焱，又明列「解昆樺先生贊助兩千元」等字眼，令人無法分辨是同仁刊物，還是出版社友情的資助？（版權頁編輯群列為作者）

　　《壹詩歌》2004 元旦後二天出刊第二期，書背題上「前衛」二字，封面仍由日向小姐「無敵演出」。

　　「前衛」則是該刊第二期的主題，仍以詩歌為主，企畫做風大膽但細緻，白靈接受訪問時就認為：《壹詩歌》裡項的作品讓人覺得每個人的創作造型都很突出，你看到一個主角出場，接著又看到下一個主角出場……他們有一個特質就是好像「語不驚人死不休」，好像一定要想辦法創造出一種最驚悚的言說方式……還有就是他們顛覆了傳統對詩的界定……他們在表現作者的造型，創造寫作者的風格，如果用概念性的詞語來表達就是，他們滿自憐的，也滿自戀的、自信、自誇的，不講究詩法，顛覆一切法度，詩等於非詩等於非非詩，我覺得很有意思。（吳文睿，2004）

　　《壹詩歌》的出現相對於《現在詩》，前者仍具群性，集團化的凝聚力下形成議題，雖然他們的論場域，不僅止於紙本，《壹詩歌》網路的迅疾與溝通上的即時性，仍是講究『表現』的「N」世代所佔據的主要舞台，在講究「數位式行為」、「反權感」、「重時效」的「N 世代人類，數位的生活概念，已經習慣到用開水，輕鬆地沖泡一杯三合一咖啡了。」（李宏麟，1978）

第五章
結論

5.1 研究發現

　　本研究發現，解嚴後台灣詩刊在刊物種類上並未如報紙般急速增加，1949 年迄今約一百六十種詩刊在解嚴後創辦者寥寥可數，至今依然存在（發刊）的只有《乾坤》（1997 創刊）、《台灣詩學季刊》（1992 創刊、2003 更改為學刊）、《現在詩》（2003 創刊）、《壹詩歌》（2003 創刊）四種而已，而後二者出刊不到十期，可列為「觀察名單」，動向與發展值得進一步注意。

　　本研究發現，詩刊選題策略，呈現出下列三種現象：

一、解嚴後詩刊出版之選題決策過程流於單向，編輯權集於主編或總編輯現象過於明顯，編委會效能不彰，新興詩刊個人化風格明顯，常落入寡頭與獨佔；三十年以上的詩刊則過於老成，企畫編輯上較無新意，資淺之編輯人員亦常受到意識型態牽動或詩壇倫理影響，多不敢造次。

二、選題策略中，詩社從意識型態到詩美學之呈現，以及環境變遷與詩刊角色扮演的之關連性，背後皆有典律建構的實質考慮。

三、詩學之文學傳播固守於「團體傳播」的文人圈樣貌，格局
　　亦有所限。應有效結合媒介，擴大本身能見度，切勿閉門
　　造車，以利更有效之推廣與行銷模式的運作。

　　際此，且不論紙本或網路文本，若能建立刊物之知識價值與特
色才會具有更大的影響實力。詩刊編輯出版者，應當採取更積極的
態度和行動。如此，將有助於讀詩人口的加速分眾化，藉以吸引更
多閱讀小眾。

　　詩刊存在的同仁息氣，雖有助於刊物核心價值或特定意識型態
的凸顯，另一方面卻也限制了發展的格局。至於編輯企畫或執行人
員，多為退休人員或公餘涉入社務或編務者，行銷上更顯現專業上
嚴重的不足，客觀上無法與市場藝文刊物一較長短。

　　近來年政府對詩刊的補助亦在逐年縮水中，詩社財務相形吃
緊。當熱情投注於刊物，且得不到預期之回報，再加上社費的繳交，
對年輕人多少是一筆負擔，青年詩人若無法得到金錢上的奧援，詩
刊經常在現實的壓力下休刊或停刊，詩社活動也因而停擺。

　　孟樊，（1995：284）提及：198、90 年代的台灣詩壇最明顯的
特色，其實應該說是「多元化」──正好和 1980、90 年代益趨多
元化的社會相對應。除了後現代詩，包括在 1960、70 年代蔚為主
流的現代詩、寫實詩，以及各式各樣的政治詩、社會詩、生態詩、
都市詩……甚至是台語詩、後殖民詩，均──擅場於詩壇，真可謂
百家爭鳴、眾聲喧嘩。

　　長達五十年的戒嚴雖已解除，文學也由 1950 年代的反共文學
歷經 1960 年代的現代主義、1970 年代寫實主義，以至於 1980 年
代末期多元紛呈的後現代狀況，當今天台灣邁入開發中國家儕身

WTO 的同時，我們需要什麼樣的詩運動？什麼樣的詩刊？需要什麼樣的「文學火車頭」，值得我們此刻推敲再三。

　　詩刊選題做為價值核心的把握之外，詩作、詩評、詩介把詩刊當作最重要的論述場域，恐怕一如紙本書與電子書的爭議，在短期的時日裡並不會改變。在分眾社會的確認後，相對的行銷工作，應是詩刊企畫與執行者理應多加思考的必然課題。

5.2 研究限制

　　誠如上述，詩刊多為同仁刊物，且對外發行數量有限，流通管道只在特定地方或店點如「誠品書店」及大學附近書店出現，其發行量多則一千，少則二三百都可見到。1949 年之後的同仁詩刊數目之多超乎想像，在筆者爬梳整理資料的同時，更對這麼多前仆後繼的詩刊及其詩人產生了無比的敬意。

　　詩刊無利可圖，除卻少數元老詩刊登記為雜誌，以較低的郵費交寄外，其餘皆為未立案的地下刊物，造成本研究只能就有限的取樣做現象上的析論，故本研究採用專家訪談法，本研究共發函十三份，包括《笠》、《創世紀》、《現代詩》、《黃河》、《新陸》、《草原》、《地平線》、《乾坤》、《葡萄園》、《藍星》、《薪火》、《珊瑚礁》、《台灣詩學》等詩刊社主要編輯企畫執行人員，截至回收日期止，除《台灣詩學》、《地平線》、《現代詩》等詩刊成員基於個別理由婉拒或不便訪談或毫無回應外，訪談後皆以文字載於附錄，並經被訪者確認後編碼載於本論文之中，稍稍彌補了史料不足的缺憾。

參考書目

1.華文作者：

丁希如（1999）：《出版企劃的角色與功能》，南華大學出版學研究所碩士論文。

丁威仁（1999）：〈網路詩界初探〉，《晨曦》詩刊第 6 期，頁 91-103。

文強堂編（1986），《文學詞典》，新竹：文強堂。

文曉村（1962）〈創刊號〉，收錄於文曉村主編《葡萄園詩論》，頁 178，台北：詩藝文。

文曉村，（1982）：〈我們的道路〉，《葡萄園》二十年回顧兼序〈葡萄園詩選〉，收錄於文曉村主編《葡萄園詩論》，頁 83-98。台北：詩藝文。

方　群（2004）：〈我的子彈會轉彎〉，《創世紀》詩雜誌 139 期，頁 118。

方　群（2004a）本研究訪談記錄，10 月 6 日，收錄於本論文附錄 10。

毛澤東（1967）：《毛主席語錄》，中國人民解放軍總政治部編，北京：東方紅。

王志堃（1987）：〈詩與我──兼談新陸詩社創社經過〉，《新陸詩刊》，夏季號，頁 73-74。

王建輝（2002）：〈編輯策劃的哲學內涵〉，收錄於趙勁主編《中國出版理論與實務》，北京：中國書籍。

王乾任（2002）：《台灣社會學書籍出版史研究：1951-2000 年》，台灣大學社會學研究碩士論文。

古繼堂（1987）：《台灣新詩發展史》，台北：文史哲。

台　客（2004）：〈那一槍〉葡萄園詩刊 162 期，頁 146。

白　靈（1986）：〈為未來繪圖的詩人〉，收錄於《日出金色》，頁 199-205，台北：文鏡。

白　靈（1994）：《煙火與噴泉》，台北：三民。

吉　也（1985）：〈有贈〉，《草原》詩刊第二卷 7、8 期。

向　明（1996）：〈女性詩解答〉，《台灣詩學》季刊第 17 期，頁 8-9。

向　明（2004）本研究訪談記錄，9 月 16 日，收錄於本論文附錄 2。

向　陽（1985），〈期春華於秋實──小論七十年代詩人的整體風貌〉，收錄《康莊有待》，頁 37-47，台北：東大。

向　陽（1993）：《迎面眾聲──80 年代台灣文化情境觀察》，台北：三民。

朱光潛（1984）：《文藝心理學》：台北：漢京。

何金蘭（1989）：《文學社會學》，台北：桂冠。

余光中（1973）：〈現代詩怎麼變〉，《龍族詩刊》第 9 期，頁 10-13。

余光中（2000）：《逍遙遊》，台北：九歌。

吳文睿（2004）：〈當代詩刊變貌〉，《壹詩歌》第 2 期，頁 176-185。

吳明興（1988）：〈悒悒征徂〉，《曼陀羅》詩刊第 3 期，頁 88-90。

吳明興（2004）本研究訪談記錄，10 月 2 日，收錄於本論文附錄 7。

吳潛誠（1988）：《詩人不撒謊》，台北：圓神。

吳適意（2003）：《圖書出版業總編輯人格特質與決策風格之關係研究》，南華大學出版學研究所碩士論文。李宏麟（1998）：〈數位世紀的新主流〉，收錄於 Don Tapcott-《N 世代》書序，台北：麥格羅希爾，頁 6-10。

李春生（1985）：《詩的傳統與現代》，台北：濂美。

李海昆編（1996）：《現代編輯學》，濟南：山東教育。

李敏勇（1987）：〈當溪流都成了死水〉，《笠》詩刊第 141 期，頁 1。

李敏勇（1987）：〈廣場〉，《笠》詩刊第 141 期，頁 35-36。

李瑞騰（1997）：〈前言：寫在「詩社詩選檢驗」專輯之前〉，《台灣詩學季刊》第 20 期，頁 8。

李　赫（1982）：〈期待一片遼闊茂盛的草原〉，《草原文學》創刊號，第一版。

李魁賢（1999）：〈大地震〉，《笠》詩刊第 214 期，頁 24-25。

沈清松（1992）：〈阿爾杜塞的政治哲學與馬克思主義評估〉，《哲學》雜誌第 2 期，頁 10-41。

汨　人（1988）：〈兵馬俑〉，《黃河》詩刊創刊號，頁 9-12。

周伯乃（1993）：〈創刊詞〉，《中國》創刊號，頁 4-5。

周慶華（2003）:《閱讀社會學》,台北,揚智。

孟　樊（1990）:〈詩人、招貼和害蟲──中空的台灣後現代詩人〉,《現代詩季刊》復刊第 15 期,頁 9。

孟　樊（1995）:《當代台灣新詩理論》,台北:揚智。

孟　樊（1999）:〈瀕臨死亡的現代詩壇〉,收錄於 http://www4.cca.gov.tw/poem/theory.

孟　樊（2002）:〈羅門的後現代論〉收錄於 http://www.fgu.edu.tw/~literary/poetry/theoryofpoem9.htm.

孟　樊（2003）:《台灣後現代詩的理論與實際》,台北:揚智。

東　林（1988）:〈悲劇仍繼續上演〉,《風燈》詩刊復刊 2 期,頁 3-4。

林于弘（1986）:〈再出發,擴版宣言〉,《珊瑚礁》詩葉第 4 期。

林于弘（2004）:《台灣新詩分類學》,台北:鷹漢。

林亨泰（1992）:〈五十年的詩生活〉,10 月 30 日,自立晚報本土副刊。

林宗源（1986）:《濁水溪》,台北:台笠。

林明德（1982）:〈一枝草一點露〉,《草原文學》創刊號,第一版。

林明德（1985）:〈高舉燦然一盞盞寂寞的輝煌〉,《草原》詩刊第二卷 7‧8 期。

林建隆（2002）:〈距離世界,還有文學〉,《旦兮》耕莘寫作會會訊,秋季號,頁 64。

林淇瀁（2001）:《書寫與拼圖──台灣文學傳播現象研究》,台北:麥田。

林盛彬（2004）本研究訪談記錄,9 月 27 日,收錄於本論文附錄 5。

林群盛（1989）:〈數學考【1／?】〉,原載《現代詩》詩刊復刊第 29 期,收錄於 http://www.poem.com.tw.

林燿德（1987）:〈孤獨的〉,原載《現代詩》詩刊復刊第 10 期,收錄於 http://www.poem.com.tw.

林燿德（1991）:《重組的星空》,台北:業強。

花甲白丁（1998）:〈隨葡萄園旅遊團(四帖)〉,《葡萄園》詩刊第 137 期,收錄於 http://www.poem.com.tw.

阿　翁（1994）:〈第幾號海灣〉,《台灣詩學》季刊第 9 期,頁 51。

俞　譜（1981）:《馬克思主義研究》,台北:正中書局。

姚一葦（1986）:《藝術的奧秘》,台北:開明。

姚一葦（1996）:《藝術批評》,台北:三民。

施懿琳、鍾美芳、楊翠（1993）：《臺中縣文學發展史：田野調查報告書》，
　　豐原市：中縣文化，頁 266。

洛　夫（1957）：〈石室之死亡〉，原載《創世紀》詩刊第 12 期，收錄於
　　http://www.poem.com.tw.

洛　夫（1972）：〈一顆不死的麥子〉，《創世紀》詩雜誌第 30 期，頁 4。

紀小樣（1998）：〈山居過境圖〉，《葡萄園》詩刊第 137 期，收錄於
　　http://www.poem.com.tw.

紀明宗（1998）：〈槍枝〉，《笠》詩刊第 204 期，頁 49。

胡仲權（1988）：〈現代主義〉，《曼陀羅》詩刊第 5 期，頁 116。

苦　苓（1987）：〈編者有話說〉，《兩岸》詩叢刊第 3 集，頁 1。

苦　苓（1987a）：〈總統不要殺我〉，《兩岸》詩叢刊第 3 集，頁 54。

候吉諒（1985）：〈寫在前面──如果你們不光只是「繼承」，為什麼不乾
　　脆另創一個詩刊〉，《創世紀》67 期，頁 7。

夏　宇（1988）：《備忘錄》，台北：夏宇。

孫俍工編（1978）：《文藝辭典》，台北：河洛。

徐望雲（1991）：《帶詩蹺課去》，台北：三民。

旅　人（1991）：《中國新詩論史》，台中：台中縣立文化中心。

書林詩叢編輯部誌（1991）：封底文案，《苦苓的政治詩》，台北：書林。

殷海光（1990）：《書評與書序　上》，林正弘主編，台北：桂冠。

馬　森（1990）：〈情色與色情文學的社會功用〉，收錄於《解嚴以來台灣
　　文學國際學術研討會論文集》，台北：萬卷樓。

高上秦（1973）：〈探索與回顧，寫在「龍族評論專號」前面〉，《龍族特刊》
　　第 9 期，頁 4-8。

商務印書館編（1984）：《哲學辭典》，台北：台灣商務。

張志育（2000）：《管理學》，台北：前程。

張信吉（2004）本研究訪談記錄，9 月 16 日，收錄於本論文附錄 3。

張釗維（1994）：《誰在那邊唱自己的歌》，台北：時報。

張　健（1984）：《中國現代詩》，台北：五南。

張國治（2004）本研究訪談記錄，10 月 19 日，收錄於本論文附錄 8。

張崇仁（1986）：〈菩提的飲者──淺說慕台〉，《珊瑚礁》詩葉第 4 期。

張惠菁（2002）：《楊牧》，台北：聯合文學。

張　默（1954）：〈代發刊詞〉，《創世紀》詩雜誌，第 1 期，頁 2。

張　默（1996）：《台灣現代詩編目》，台北：爾雅。

張　默（2004）本研究訪談記錄，10 月 19 日，收錄於本論文附錄 11。

張豐榮（2002）：〈勇敢面對市場，積極參與市場競爭──專訪遼寧：科技出版社社長劉紅社長〉，《出版流通》84 期，頁 36。

笠詩社（1989）：〈詩作討論會：臺灣人的唐山觀──兼論巫永福「祖國」一詩〉，《笠》149 期，頁 9。

笠詩社（1989a）：〈臺灣孤立的哀愁──兼論桓夫先生「見解」一詩〉，《笠》第 150 期，頁 9。

莫　渝（2000）：《台灣新詩筆紀》，台北：桂冠。

許悔之（1986）：〈石室內的賦格－初試「石室之死亡」兼論洛夫的「黑色時期」〉，「第二屆現代詩學研討會」論文。

陳千武（1986）：〈談笠的創刊〉，《台灣文藝》102 期，頁 68。

陳去非（1997）：〈台灣新世代詩人意象語言之分析〉，「面向 21 世紀 97 華文詩歌學術研討會」論文。

陳玉玲（2000）：《台灣文學的國度──女性、本土、反殖民論述》，台北：博揚。

陳克華（1986）：〈巨柱〉，收錄於《日出金色》，頁 74-78，台北：文鏡。

陳克華（1990）：〈我撿到一顆頭顱〉，《曼陀羅》詩刊第 8 期，頁 73。

陳芳明（1998）：〈後現代或後殖民：戰後台灣文學史的一個解釋〉；轉引自廖炳蕙，〈台灣：後現代或後殖民？〉，收錄於林水福主編，《兩岸後現代文學研討會論文集》，頁 110-111，台北：輔大。

陳芳明（1999）：〈台灣新文學史的建構與分期〉，《聯合文學》第 178 期，頁 171。

陳芳明（2002）：《後殖民台灣》，台北，麥田。

陳　晨（1999）：〈我是一片拼圖〉，《笠》詩刊第 214 期，頁 76-77。

陳義芝（2000）：〈臺灣後現代詩學的建構〉，收錄於《解嚴以來臺灣文學國際學術研討會論文集》，頁 385，台北：萬卷樓。

陳錦芳（1999）：《21 世紀，台灣！》，台南：台南縣立文化中心。

彭瑞金（1995）：《台灣文學探索》，台北：前衛。

游　喚（1994）：〈八〇年代台灣政治詩調查報告〉，收錄於鄭明娳主編，《當代台灣政治文學論》，台北：時報，頁 391-401。

焦　桐（1997）：《台灣文學的街頭運動》，台北：時報。

覃子豪（1969）：〈中國現代詩的分析〉，收錄於洛夫編《中國現代詩論選》，頁74-76，高雄：大業。

須文蔚（1998）：〈網路詩的破與立〉，《創世紀》詩雜誌，第 117 期。頁 80-95。

須文蔚（2003）：〈台灣數位文學守門人角色與理念初探〉，發表於「兩岸現代詩學研討會」，佛光大學文學所主辦。

須文蔚（2004）：〈台灣文學同仁刊物企劃編輯與公關活動之研究〉，「創世紀五十年與台灣現代詩研討會」論文，收錄於《創世紀》詩雜誌 140-141 期，頁 129-146。

須文蔚（2004a）本研究訪談記錄，9 月 27 日，收錄於本論文附錄 6。

黃光男（2004）：《博物館簡訊》，第 23 期，參見 http://www.cam.org.tw/5-newsletter/23.htm.

黃明峰（2000）：〈冬粉鴨〉，《台灣詩學》第 30 期，頁 150。

黃靖雅（1989）：〈秋風辭〉，《曼陀羅》詩刊第 6 期，頁 41。

楊昌年（1982）：《新詩賞析》，台北：文史哲。

楊　牧（1989）：《一首詩的完成》，台北：洪範。

楊維晨（1986）：〈序〉，《現代風格詩粹，南風詩刊》第 8 期，頁 2-4。

楊維晨（1987）：〈曼陀羅創刊詞〉，《曼陀羅》創刊號，頁 15。

楊維晨（1990）：〈勸懶歌〉，《曼陀羅》詩刊第 3 期，頁 8。

解昆樺（2004）：《台灣現代詩典律的建構與推移》，台北：鷹漢。

詹宏志（1986）：《城市觀察》，台北：遠流。

賈　化（1985）：〈我也讀有糖衣的毒藥〉，《詩評家》創刊號，頁 15-16。

碧　果（1997）：〈鈕釦〉，《創世紀》詩刊第 113 期，頁 51。

聞　潔（2002）：〈選題策劃：出版企業的核心競爭力〉，收錄於趙勁主編《中國出版理論與實務》，北京：中國書籍。

赫胥氏（1986）：〈捨棄mycent鉛錘〉，《象群》詩季刊，創刊號，頁 61-64。

赫胥氏（1986a）：〈地址〉，收錄於《日出金色》，頁 233-242，台北：文鏡。

劉克襄（1986）：《在測天島》，台北：前衛。

劉紀蕙（1989）：〈女性的複製，男作家筆下二元化的象徵符號〉，《中外文學》18 卷 1 期，頁 116-136。

編輯部（1994）：〈林宏田的《過去式》〉，《四度空間》第 8 輯，頁 117。

鄭祥福（1999）：《後現代主義》，台北：揚智。

鄭烱明編（1998）：〈1984年，3月4日詩與現實作品合評〉，《台灣精神的掘起》，高雄：文學界雜誌。

鄧志松（1998）：〈社會學重要概念〉載於 http://hanteng.twblog.org/archives/001536.html.

盧建榮（2003）：〈傷痕民族誌──陳鴻森現代詩作品座談會記錄〉，《笠》詩刊237期，頁19-23，李貞瑩文字整理。

蕭　蕭（1991）：《現代詩縱橫觀》，台北：文史哲。

戴寶珠（1995）：《笠詩社詩人作品研究》，政治大學中國文學研究所碩士論文。

鴻　鴻（1988）：〈不是我愛吃的蛤蜊〉，原載《現代詩》詩刊復刊第28期，收錄於 http://www.poem.com.tw.

簡政珍（2004）：《台灣現代詩美學》，台北：揚智。

顏艾琳（1987）：〈萬物的性別〉，《薪火》詩刊15期，頁40。

顏艾琳（1997）：〈思想速寫──麋鹿篇〉，《台灣詩學》季刊第19期，頁72。

顏艾琳（2004）本研究訪談記錄，10月4日，收錄於本論文附錄9。

羅　門（1986）：〈詩眼看世界（續稿）〉，《藍星》詩刊第7號，頁75-79。

羅　門（1986a）：〈生之旅〉，《藍星》詩刊第7號，頁116-117。

羅　青（1986）：〈後現代的草根性與都市精神〉，《草根》復刊第9號。

羅　青（1986b）：〈後現代狀況出現了〉，收錄於《日出金色》，頁3-19，台北：文鏡。

嚴忠政（2004）本研究訪談記錄，9月26日，收錄於本論文附錄4。

嚴忠政（2004a）：《場域與書寫》，南華大學文學所碩士論文。

龔鵬程（1987）：〈期待校園文學的春天〉，收錄於《我們都是稻草人》，頁181，台北：久大文化。

2.西文作者：

Andrew webster 安得魯‧韋伯斯特（1990），陳一筠譯：《發展社會學》，台北：久大、桂冠。

Arpold Hauser（1951），邱彰（1994）譯：《西洋社會藝術進化史》，台北：雄獅。

Coulter Mary K（1998）: Strotegic Management in Action New Jersey : Ptentice Hall.

Durkheim（1989），黃丘隆譯:《社會學研究方法論》，台北：結構群。

E.C.Cuff（2003）等著，林秀麗等譯:《最新社會學理論的觀點》，台北: 韋伯文化。

Fredr ic Jameson 詹明信（2002），唐小兵譯:《後現代主義與文化理論》， 台北：當代。

Gross, G. ed.（1993）. Editors on Editing，齊若蘭譯（1998）:《編輯人的世界》，臺北：天下。

Gyorgy Lukacs（1988）著，陳文昌譯:《現實主義論》，台北：雅典。

Holger Behm（1998）等著，鄧西靈譯:《未來出版家》，北京：商務。

L Althusser（1990），杜章智譯:《列寧和哲學》，台北：遠流。

Pierre Bourdieu（1998），李猛、李康譯:《實踐與反思》，北京：中央編譯 出版社。

R. Brnedict（1976），黃道琳譯:《文化模式》，台北：巨流。

Ray Eldon Hiebert（1996）等著，潘邦順譯:《大眾傳播媒介》，台北：風 雲論壇。

Rehort Escoarpit（1990），葉淑燕譯:《文學社會學》，台北：遠流。

Stephen J.Hoch（2003）等編著，吳鴻譯:《管理決策》，上海：上海交通 大學。

訪談邀請函與半結構式題綱

　　本訪談區分為二,其一為開放式問題設計,著重詩刊經營現況(或當時情況)與是時規劃發展之需求及遠景;其二為深度訪談,將視其個別屬性與特質就解嚴前後選題策略之相關問題進行訪談。本訪談資料將以文字記錄收入於本論文附錄二至十二。

(註:本題綱註明專家背景,以被訪者自我介紹為主,筆者參酌其他文獻資料為輔,並註明受訪型態,回覆時間。)

1.受訪者自介:(300字以內,並請註明現任或曾但任刊物之名稱與職務)
2.受訪型態:分為筆談、面談、電話訪談。(後二者經筆者文字整理後,業經被訪者確認)

一、開放式調查:

(一)組織編制

1.請問您在貴刊實際負責之工作為何?社員之中,實際參與社務或編務的人員有多少?

2.貴刊專職人員有多少？是否為有給職？ 貴刊刊期如何設定，理
　由為何？

3.對於詩社成員的維繫，詩社常舉辦那些活動？一般論者皆以為詩
　社等同於詩刊社，以發行詩刊為主要活動，您同意嗎？

（二）選題規劃

1.倘若以「　　　　　　　　」來定位貴刊，請問您的看法為何？如
　果您同意此一說法，那麼您認為在解嚴後迄今 貴刊對台灣詩學
　最大的貢獻是什麼？

　（備註：本論文將詩美學粗略分為現代主義美學、寫實主義美學、
　　古典主義〔抒情〕美學、後現代主義美學）

2.解嚴前，貴刊完成了那些階段性任務？（若解嚴後才創刊，則不
　需答覆）

3.貴刊是否設有編輯委員會？功能何在？與編輯者（主編或總編
　輯）關係為何？ 貴刊稿源為何？您的選題標準又為何？貴刊的
　核心價值（理念）能否在刊物中實踐？

4.面向全球華文詩壇（包括兩岸三地），貴刊的總體優勢是什麼？
　劣勢是什麼？您會在編輯策略上怎樣突出貴刊的特色？貴刊潛
　在的問題，對發展構成威脅的是因素您認為是什麼？

　（註：本題受訪者若刊物已停刊者可略）

（三）經營行銷

1.詩刊經費往往是詩刊命脈所在，在政府補助、店銷、訂戶、同仁
　集資或其他（贈與、贊助等）的項目中，請說明經費來源。

2.貴刊行銷方式為何？是否市場營收是您發刊時的著重要項，如果不是，向店銷市場發行詩刊的目地是什麼？

3 如果貴刊是興起於解嚴前後的新興詩社刊，那麼貴刊興辦的理由為何？目前是否已經停刊，為何停刊？（未停刊者不需答覆）

4.如果迄今貴刊仍是按時或不定期出刊，請問現階段貴刊有無明確的出刊目標、以及預期的成效。

二、個別深度訪談：（筆者註：本訪談依個別社團屬性、成就、專長參酌相關資料後擬定題目）

附錄二

向明（前藍星詩刊主編）訪談記錄

受 訪 者：向明先生
受訪方式：筆談
回覆時間：2004 年 9 月 16 號

受訪者簡介：

　　向明本名董平，民國 17 年生。湖南長沙人，落藉台灣五十五年。軍事通信科技學校畢業。藍星詩社資深同仁。曾任藍星詩刊主編、中華日報副刊編輯、台灣詩學季刊社社長、年度詩選主編、及文協和新詩學會理事、國際華文詩人筆會主席團委員。曾獲優秀青年詩人獎，文藝獎章、中山文藝獎，國家文藝獎，一九九〇年大陸全國報紙副刊好作品（散文）評比一等獎。世界藝術與文化學院於一九八八年授予榮譽文學博士。其作品詩和散文被選入國內外各大詩選文選，並出版有詩集九種，詩話及隨筆六種。自選集大陸台灣各一冊、童話集兩冊、散文一冊，編選《可愛小詩選》、《讓詩飛揚起來──朗誦詩選》及年度詩選三年。現除專業寫詩、評詩、教詩外，並為報紙專欄作家。

一、開放式調查：（此部分經被訪者與筆者討論後，因不便詢答故略過）

二、個別深度訪談：

1.藍星為台灣元老詩社之一，在您但任主編的年代，有無企畫或製作專題，您印象最深刻的選題是什麼？請問當初此一活動發想的沿起，以及推展的經過與成效。

答：我是從民國 74 年元月至民國 81 年年 7 月主編九歌版〈藍星詩季刊〉共三十一期。接下主編重責完全是臨危授命，且得一人包辦編一份刊物的前期及後期所有作業，只有中間的交印是由九歌出版社執行。中間曾經製做過兩次「女詩人專輯」，兩次「大陸詩人專輯」，三次詩人懷念專輯（鄧禹平。沙牧。朱沈冬），一次「卞之琳專輯」，一次「江弱水專輯」，一次「天安門專輯」，最後曾為藍星「屈原」詩獎得獎作品製作「得獎作品」發表專輯。這些專輯的組成可說都很輕易完成，主要係同仁大力支持，而外稿也取得容易，當時兩岸交往正值蜜月，大陸來稿蜂湧，製作大陸詩人專輯，以及卞之林，江弱水特輯均輕而易舉。我編藍星有兩大自訂的內規：

（1）同仁詩作刊載比例壓低，盡量開放給外稿刊載機會，且同仁來稿決不論資排輩擺在最前面，而是打亂分散在中間。

（2）當時大陸來稿風起雲湧，如果來者不拒，每期十倍當時版面全部刊登也刊不完。我以為身為台灣的詩刊，

還是應以台灣的詩人作品為重心，因此我每期只留四分之一的創作篇幅刊大陸詩人作品，且除特定專輯外，所有大陸及海外詩人作品均打亂混雜刊出，且不特別標明地區。

2.藍星詩刊目前已由淡江大學中文系接辦，基於一位資深社員，您對貴刊的期待為何？貴刊成員中那些人的作品，您認為他們突出了藍星的主體風格。

答：藍星成立於民國 43 年 3 月，就現存的詩刊言，藍星應為台灣最早的詩刊，藍星舊有同仁均已為七老八十的老壽星，除尚有能力供稿外，幸有淡大中文系的年輕一輩接力繼續出刊，我們已感萬分欣慰與感激。現時的藍星仍保有藍星的抒情傳統風格，將來亦盼仍能持續此一傳統。

3.藍星詩刊擁有的抒情傳統，在編輯執行的過程中，是您選題的決策之一嗎？解嚴前後，作品（來稿）的質與量是否可以用數字簡述。

答：藍星已完全交棒以趙衛民為首的新生代詩人，我們舊時代的人已很放心讓他們為藍星創造一個新局面，迎接一個新未來。藍星的內容可以答覆來稿的質量，在台灣的新詩生態，不論解嚴前或後，量從來不缺，質則靠嚴格的把關，藍星早已脫離同仁詩刊的侷限。所以主持編務者有較大的選稿空間。

附錄三

張信吉（前草原詩社社長兼總編輯）
訪談記錄

受　訪　者：張信吉先生
受訪方式：筆談
回覆時間：2004 年 9 月 16 號

受訪者簡介：

　　張信吉，1963 年生。輔仁大學中文系文學士、淡江大學東南亞研究所碩士、馬尼拉大學教育博士候選人。曾任草原詩社社長兼總編輯、國小短期教師、自立晚報編輯、自由時報記者、雲林評論雜誌發行人兼總編輯、雲林有線電視創台總經理、寶島新聲電台副台長、監察院秘書、顧問公司負責人、現為大學兼任講師、並自營農場。著有獵鹿遺事（詩集，1986）、詩與台灣現實（討論會記錄，1991）、我的近代史（詩集，1997）、鑄鐘（譯 1984 年諾貝爾文學獎，1997）、虎尾溪傳奇（教育部兒童叢書，2002）、斗六台地散步（文史隨筆，2003）、家的鑲嵌畫（詩集，2003）、獨眼警探陳坤湖──餘命駁火的男人（報導文學，2004）。

一、開放式調查：

（一）組織編制

1.請問您在貴刊實際負責之工作為何？社員之中，實際參與社務或編務的人員有多少？

答：總編輯；15 人。

2.貴刊專職人員有多少？是否為有給職？貴刊刊期如何設定，理由為何？

答：無專職人員，採輪編制共同責任處理社務，無給職；季刊，成員為校園同儕或剛畢業的詩友無經濟基礎。

3.對於詩社成員的維繫，詩社常舉辦那些活動？一般論者皆以為詩社等同於詩刊社，以發行詩刊為主要活動，您同意嗎？

答：自然互動，每有新作經常互為評賞切磋，定期之編輯會議；詩社不等於詩刊社，要看詩社成員的經濟基礎與社會生活狀況而定，例如笠詩社就超越詩刊社規模，草原詩社曾試圖有社會活動但仍處於詩刊社型態。

（二）選題規劃

1.倘若以「古典主義〔抒情〕美學」來定位貴刊，請問您的看法為何？如果您同意此一說法，那麼您認為在解嚴後迄今貴刊對台灣詩學最大的貢獻是什麼？（備註：本論文將詩美學粗略分為現代主義美學、寫實主義美學、古典主義〔抒情〕美學、後現代主義美學）

答：不能同意。不論您論文之指涉時，我覺得草原詩刊一半成員出身文學院，一半成員是理工社會科學背景，或許因為中文學系的語言經驗，選詞趨向典雅而被認為古典抒情，但各種風格其實俱存，如果單以典雅用詞推論古典主義美學將失之片面。

2.解嚴前，貴刊完成了那些階段性任務？（若解嚴後才創刊，則不需答覆）

答：印象中本刊橫跨解嚴前後，就詩學與社會參與而論，本刊同仁之光譜我認為在當時代而言居中間色度，我們完成在輔仁大學詩文學同志的集結，建立同儕關係，並維繫到解嚴之後若干年，惜各人殊途。

3.貴刊是否設有編輯委員會？功能何在？與編輯者（主編或總編輯）關係為何？ 貴刊稿源為何？您的選題標準又為何？貴刊的核心價值（理念）能否在刊物中實踐？

答：有編輯委員會，但多自願參加，選稿輪編，並無強制性從屬關係，但多能尊重輪編者的義務及職權；稿源內外稿均有，內稿亦要大家同意刊用，所謂核心價值也許很懵懂，能確立的是發皇詩學而已。

4.面向全球華文詩壇（包括兩岸三地），貴刊的總體優勢是什麼？劣勢是什麼？您會在編輯策略上怎樣突出貴刊的特色？ 貴刊潛在的問題，對發展構成威脅的是因素您認為是什麼？

答：從未思考這個課題。

（註：本題受訪者若刊物已停刊者可略）

（三）經營行銷

1.詩刊經費往往是詩刊命脈所在，在政府補助、店銷、訂戶、同仁集資或其他（贈與、贊助等）的項目中，請說明經費來源。

答：同仁集資，小額訂戶收入以及詩友贊助。

2.貴刊行銷方式為何？是否市場營收是您發刊時的著重要項，如果不是，向店銷市場發行詩刊的目地是什麼？

答：透過文學朋友網路寄送，印象中市場營收很差，但我們有專人掌財務。

3.如果貴刊是興起於解嚴前後的新興詩社刊，那麼貴刊興辦的理由為何？目前是否已經停刊，為何停刊？（未停刊者不需答覆）

答：社會與校園的文學空氣很呆滯。

4.如果迄今貴刊仍是按時或不定期出刊，請問現階段貴刊有無明確的出刊目標、以及預期的成效？

答：暫無答案。

二、個別深度訪談：

1.專題製作的部分？草原有何選題的企畫，請問當初此一活動發想的沿起，以及推展的經過與評價？

答：專題按創作量多且較受同仁肯定者輪流製作，較具自我推銷色彩，事後看來仍具水準，當時外界或許以欽羨眼光視之，整體而言以當時年紀論詩，功力水準以上但未到達驚異水

準，且文壇被特定人把持，年輕人只有自力救濟，老一輩人
說要提拔新生代其實是虛話，也不必要。

2.當初在出版這份報紙型的刊物時，您希望外界對貴刊的定位為
何？貴刊成員中那些人至今依然持續創作，對從校園出發面像詩
壇的後起之秀，您認為貴刊提供了那些優缺點可供參照？
答：草原想成為社會接受的詩刊，而不是校園刊物，大慨只剩兩
三人仍維持文學活動，年輕人要對自己的文學創作有信心，
其實很多之名作家襲用新生代的文學原形創作而成為他們
的作品，詩壇後起之秀除了詩之外，應該深入現實真實的社
會生活。

3.在編輯執行的過程中，什麼是您選題的標準？
答：暫無答案。

4.解嚴前後，作品（來稿）的質與量您的觀察是什麼？
答：暫無答案。

附錄四

嚴忠政（前黃河詩刊總編輯）訪談記錄

受 訪 者：嚴忠政先生
受訪方式：筆談
回覆時間：2004 年 9 月 26 號

受訪者簡介：

　　嚴忠政，1966 年生於台中盆地。曾任「黃河詩社」社長兼總編輯、「曼陀羅詩社」中部聯絡人。南華大學文學研究所碩士，任職於「科比萊特文案企劃」，兼及寫作教學。曾獲第一、二屆台中縣文學獎，第三、四、五屆台中市文學獎，第二十四屆、二十五屆聯合報文學獎，第二十七屆時報文學獎，文建會台灣文學獎，玉山文學獎，教育部文藝創作獎等，著有詩集《黑鍵拍岸》、論文集《場域與書寫》等。

一、開放式調查：

（一）組織編制

1.請問您在貴刊實際負責之工作為何？社員之中，實際參與社務或編務的人員有多少？

　答：黃河詩社最主要的活動是定期的舉辦作品研討。我擔任社長，負責聯繫、彙整作品及審稿單。社員之中，實際參與社務或編務的有三到四人。

2.貴刊專職人員有多少？是否為有給職？貴刊刊期如何設定，理由為何？

　答：《黃河詩刊》在編印構想的初始，即已設定為「非期刊性質」（並在內頁之中言明），故出刊的目的只在於社員作品的集結與社外作品的交流。

3.對於詩社成員的維繫，詩社常舉辦那些活動？一般論者皆以為詩社等同於詩刊社，以發行詩刊為主要活動，您同意嗎？

　答：社員約每月聚會一次。每次聚會，社員須攜帶二篇作品參加研討。這兩篇作品可以是自己的創作，也可以是蒐集來的他人作品（個人認定的佳作或劣作皆可），但研討時均不註明作者姓名。這些作品由與會社員傳閱並在「審稿單」上面評分。最後依評審出的分數，挑出最高分與分數差異最大的作品進行研討。

　　如前所述，「黃河詩社」並不是一個以「詩（期）刊」形式

存在的詩社，它的功能性主要在於相互研討。也正因為這樣，以一般論者普遍將「詩社」和「詩刊」劃上等號的看法，實不符「黃河詩社」的內涵。

（二）選題規劃

1.倘若以「古典主義〔抒情〕美學」來定位貴刊，請問您的看法為何？如果您同意此一說法，那麼您認為在解嚴後迄今貴刊對台灣詩學最大的貢獻是什麼？

（備註：本論文將詩美學粗略分為現代主義美學、寫實主義美學、古典主義〔抒情〕美學、後現代主義美學）

答：黃河詩社成立當時，是中部地區學生的一個新詩聚落，也就是說，當時社員的平均年齡都未滿二十歲，接觸新詩之初，未擺脫升學主義下「國文」以古典領軍的氛圍，加上鄭愁予詩風在該年代的陶染，黃河詩社成員當時確實是有濃厚的「古典主義〔抒情〕美學」傾向，後來有洪凌及繁運隆的加入，這個部分就稀釋了許多。而黃河詩社在各個成員服兵役之後，雖然不復聚會，但是因為過去的實質活動（研討會），無形中已相互感染，建構出一套在文字中不斷反省的詩觀，這可能是日後李進文和本人繼續寫下去的動力，對台灣詩學或許沒什麼貢獻；但不是典範，至少是一種推移。

2.解嚴前，貴刊完成了那些階段性任務？（若解嚴後才創刊，則不需答覆）

3.貴刊是否設有編輯委員會？功能何在？與編輯者（主編或總編
　輯）關係為何？貴刊稿源為何？您的選題標準又為何？貴刊的核
　心價值（理念）能否在刊物中實踐？

　答：未設編輯委員會，但刊物的選編由全體社員在「審稿會」以
　　　合評方式決定。稿源雖分內稿與外稿，但對社內同仁的作品
　　　不採保障制。選輯無預設標準，也不考慮作者為何人，純以
　　　內容是否能為主題服務、形式和內容是否互釋互彰。詩社的
　　　核心價值（理念）能在刊物中實踐，但也因此未能與其他詩
　　　社取得橫向聯繫。

4.面向全球華文詩壇（包括兩岸三地），貴刊的總體優勢是什麼？
　劣勢是什麼？您會在編輯策略上怎樣突出貴刊的特色？貴刊潛
　在的問題，對發展構成威脅的是因素您認為是什麼？（註：本題
　受訪者若刊物已停刊者可略）

（三）經營行銷

1.詩刊經費往往是詩刊命脈所在，在政府補助、店銷、訂戶、同仁
　集資或其他（贈與、贊助等）的項目中，請說明經費來源。

　答：經費由全體社員繳交的社費支付。遇有重要活動，依社員個
　　　人能力個別贊助。

2.貴刊行銷方式為何？是否市場營收是您發刊時的著重要項，如果
　不是，向店銷市場發行詩刊的目地是什麼？

　答：行銷方式僅採書店寄賣。向店銷市場發行詩刊的目的是為了
　　　將作品鋪展出去，但成效有限。

3.如果貴刊是興起於解嚴前後的新興詩社刊，那麼貴刊興辦的理由
為何？目前是否已經停刊，為何停刊？（未停刊者不需答覆）
如果迄今貴刊仍是按時或不定期出刊，請問現階段貴刊有無明確
的出刊目標、以及預期的成效。

答：合輯純粹只為同仁作品的集結，之後考慮同儕詩社林立，若
能將資源集中於一家詩社，詩刊必然較為精緻，因此在楊維
晨的邀請下加入了「曼陀羅詩社」，而黃河也只維持研討會
的形式運作，直到同仁服兵役之後才告解散。

二、個別深度訪談：

1.公車詩展為黃河詩社的活動之一，也是行動詩的濫觴，請問當初
此一活動發想的沿起，以及推展的經過與成效。

答：「公車詩展」的發想，源自本人乘坐公車時對車廂上的廣告
興起置換成詩的念頭。78 年 1 月 14 日（依本社至今仍保留
且泛黃的「第一屆台中市公車詩展作業程序紀錄」所載），
經洽詢車廂廣告代理商之後，評估其為可行。於是一方面對
內集資，一方面針對同輩間的詩社（例如：地平線、薪火、
匯流、曼陀羅）及中部地區各大專院校寄發徵文簡章。截至
78 年 3 月 4 日，計收到稿件 63 篇，審稿會於 3 月 5 日下午
2 點在太平市舉行（見台中縣《太平市誌・藝文誌》）。選出
的 14 篇作品（其中入選者有張國治、紀小樣）採人工抄寫
方式（李進文負責邀集這部分的製作），分別在 75×29 公分
的美工紙板上，複製成車廂廣告同樣尺寸的詩板，並以一個
版位 120 元的單價，自 3 月 19 日起在 50 部「台中市公車」
的 100 個車廂廣告版位上展覽一個月。由於整個活動完全由

一群 20 歲的年輕人策劃製作、分擔經費，既無政府奧援，也無媒體察覺，因此至今仍只能說它是一項「壯舉」(負債的悲壯)。然而，展期中收到不少由廣告公司轉來的民眾鼓勵信，也有人寫信來索取「詩文海報」，所以本社最後決議將部份「詩文海報」印製後當成夾頁，附於 78 年出刊的《黃河詩刊》以資紀念。

2.黃河詩社的組織成員有那些人？那些成員今日還持續創作，黃河雖已停刊，但您認為他帶給您何種影響？

答：詩社成員中，至今還持續創作者有李進文、洪凌、林純芬、繁運隆。黃河雖已停刊，但它帶給我們的影響乃是一份來自年輕時期，單純，而仍能摶聚在一起寫詩的那種純粹。這同時也可能，是近幾年我們一起進步的「源」頭。

3.黃河詩刊彷佛與大中國銜接，創刊之際，何以有這種共識的呈現？

答：《黃河詩刊》的刊頭語是——「本現代文學，濁出詩的容顏為契機」，這也就是說，當初我們取「黃河」二字，一方面是要濁（走）出詩的容顏（自己的詩觀），一方面是取其盛大之志。因為相對於唐詩的成熟度，新詩所要追尋的典律（Canon）就當時而言（目前也是）仍然沒有一種能夠被確認為經典的那種規則、標準或尺度，年輕一代的詩人也不再遵循舊有的美學原則，詩社群起。而我們只想走自己的路，那條路是什麼？我只能說，隨著詩齡增長，我們的詩觀也都有所改變了。

林盛彬（笠詩刊現任主編）訪談記錄

受 訪 者：林盛彬先生
受訪方式：面談
回覆時間：2004 年 9 月 27 號

受訪者簡介：

　　林盛彬，淡江大學西班牙語文學系副教授，1957 年生於臺灣雲林縣，1980 年淡江大學西班牙文系畢業，之後赴西班牙馬德里大學進修，專攻拉丁美洲文學，獲文學博士學位，後亦於馬德里自治大學修讀美學，完成碩士學位後歸國。目前仍好學不倦，繼續於淡江大學攻讀中文系博士班。出版有詩集《家譜》、《戰事》等，現為笠詩刊主編。

一、開放式調查：

（一）組織編制

1. 請問您在貴刊實際負責之工作為何？社員之中，實際參與社務或編務的人員有多少？

答：2001 年起，我接任主編工作。多半我一人從選題開始，之後
集稿、規劃，一直到文字確認並落版完成，便交付高雄同仁
排版付印，原先排版我也自己來，但因為電腦系統上並不相
容，一時之間無法即刻解決，因此作罷。

本刊設有編委會，但考慮到平日大家皆忙，只有在像年會或
作品合評時才會積極動員。

2.貴刊專職人員有多少？是否為有給職？貴刊刊期如何設定，理由
為何？

答：無專職人員。編輯費每期一萬元，但需支付助理費（打字、
資料整理、雜務等），雙月出刊，詩社傳統如此。從不脫期，
但在時間點上偶會延誤。

3.對於詩社成員的維繫，詩社常舉辦那些活動？一般論者皆以為詩
社等同於詩刊社，以發行詩刊為主要活動，您同意嗎？

答：作品合評行之有年，有從作品集下手評析其優劣，更多的是
用議題著眼。整理成文字後，多會在本刊發表。

詩刊作品是詩社存在最大的理由，不管是同仁或社外詩作，
只要是好作品，不與誨澀無聊為伍，我們一定歡迎。

（二）選題規劃

1.倘若以「寫實主義美學」來定位貴刊，請問您的看法為何？如果
您同意此一說法，那麼您認為在解嚴後迄今貴刊對台灣詩學最大
的貢獻是什麼？

（備註：本論文將詩美學粗略分為現代主義美學、寫實主義美學、
古典主義〔抒情〕美學、後現代主義美學）

答：我們並不刻意標舉自己是寫實主義，但作品所展現的，希望
　　不要與土地跟生活偏離太遠。
　　解嚴後我們也意識到社會的多元化，在作品取捨上，不會侷
　　限在特定的範圍。
　　貢獻，這太沈重了。但我們一向堅持的，就是一貫的本土精
　　神罷，唯有立足本土，才方便向世界展望。

2.解嚴前，貴刊完成了那些階段性任務？（若解嚴後才創刊，則不
　需答覆）
　答：在前輩詩人的努力下，笠的在地形象鮮明實有賴各階段社
　　長、主編及編輯同仁的共同努力，笠並沒有主流媒體的協助
　　發聲，還能有今天不容忽視的地位，實在得來不易。

3.貴刊是否設有編輯委員會？功能何在？與編輯者（主編或總編
　輯）關係為何？貴刊稿源為何？您的選題標準又為何？貴刊的核
　心價值（理念）能否在刊物中實踐？
　答：有編委會，通常由社長或主編聘任。功能上面已經答覆。稿
　　源上並不缺乏，但也許是網路時代來臨，年輕詩人來稿相形
　　之下較為少見。
　　我並不預設立場選詩，只要不要離題太遠，合乎美學規範，
　　就算是時下流行的後現代詩，我實在想不出該排斥的理由。

4.面向全球華文詩壇（包括兩岸三地），貴刊的總體優勢是什麼？
　劣勢是什麼？您會在編輯策略上怎樣突出貴刊的特色？貴刊潛
　在的問題，對發展構成威脅的是因素您認為是什麼？
　（註：本題受訪者若刊物已停刊者可略）

答：台灣本色罷，一直以來本刊稟持的精神未變，成了詩社文化的一部份。至於外界常以政治立場想像笠的意識型態，這是不對的曲解，詩人是社會的良心，我們堅持理念不能跟政治劃上等號。我們不作政治的附傭。

潛在的問題？我想 21 世紀的此刻，我們都該為自己的詩刊，想像一下未來，出刊不能只等同於出刊，目的性的薄弱會產生惰性。

（三）經營行銷

1.詩刊經費往往是詩刊命脈所在，在政府補助、店銷、訂戶、同仁集資或其他（贈與、贊助等）的項目中，請說明經費來源？

答：本刊經費來源多為同仁集資，一般同仁年費 3000 元，有更多的同仁已有較佳的經濟基礎，則採捐贈方式，財務部分有專屬的經理部掌理。

2.貴刊行銷方式為何？是否市場營收是您發刊時的著重要項，如果不是，向店銷市場發行詩刊的目地是什麼？

答：書店有寄賣的合作方式，原則上使刊物曝光，尋找想像中的讀者。

3.如果貴刊是興起於解嚴前後的新興詩社刊，那麼貴刊興辦的理由為何？目前是否已經停刊，為何停刊？（未停刊者不需答覆）如果迄今貴刊仍是按時或不定期出刊，請問現階段貴刊有無明確的出刊目標、以及預期的成效。

二、個別深度訪談：

1. 笠是台灣元老詩社之一，當您主編製作專題，刊物風格的考慮是什麼？令您印象最深刻的選題（專題製作）是什麼？請問當初此一活動發想的沿起，以及推展的經過與成效？

   答：延續之前好的傳統，如作品合評等。笠詩人在台灣詩刊中譯介份量應是最多的，我們也願多開幾扇窗，給更多人更廣泛的視野。

2. 笠詩刊近四十年持續出版，基於一編輯人員職責，您希望外界對貴刊的定位為何？貴刊成員中那些人的作品，您認為他們突出了笠詩刊的主體風格？

   答：定位，希望我們繼續努力，真正成就台灣新詩美學的典型。笠詩人作品多半具國際視野，與許多批評加印象有所出入，如李魁賢還得到諾貝爾文學獎提名，可見本土化才能走向世界。

3. 寫實主義的傳統，在編輯執行的過程中，是您選題的考量嗎？解嚴前後，作品（來稿）的質與量您的觀察是什麼？

   答：不是，本題皆已答覆過。參見之前回答。

附錄六

須文蔚（乾坤詩刊現任總編輯）訪談記錄

受 訪 者：須文蔚先生
受訪方式：電訪
回覆時間：2004 年 9 月 27 號

受訪者簡介：

須文蔚，1966 年生。政大新聞研究所博士，現任國立東華大學中國語文學系副教授，兼任數位文化中心主任，《乾坤詩刊》總編輯，《詩路：臺灣現代詩網路聯盟》主持人，《全方位藝術家聯盟》同仁。曾任「九二一全國民間災後重建聯盟（全盟）」執行秘書兼發言人。曼陀羅詩社編輯委員、創世紀詩雜誌社同仁兼主編，曾獲國科會 89 年度甲種研究獎勵、中華民國新詩學會「優秀青年詩人」、創世紀 40 週年詩創作獎優選獎、86 年度「詩運獎」、創世紀 45 週年詩創作獎推薦獎、五四青年文學獎。著有詩集《旅次》，學術論文集《台灣數位文學論》（二魚文化），編有《傳播法規》、《網路新詩紀》、《詩次元》、《台灣報導文學讀本》等書。目前從事數位文學實驗，建構有網站《觸電新詩網》。2002 年台北詩歌節：新詩電電看策展人。2003 年台北國際詩歌節：電紙詩歌策展人。

一、開放式調查：

（一）組織編制

1.請問您在貴刊實際負責之工作為何？社員之中，實際參與社務或
編務的人員有多少？

　　答：總編輯。校對則有 4 至 5 名義工協助。古典與現代詩部分分
　　　　開集稿，約定時間後匯集送印。另外設置企畫主編，機動性
　　　　地協助或主動籌畫專題。

2.貴刊專職人員有多少？是否為有給職？貴刊刊期如何設定，理由
為何？

　　答：無專職人員。為無給職，有編列排版及打字人員預算。季刊
　　　　發行，現階段認為季刊出版似乎合宜。

3.對於詩社成員的維繫，詩社常舉辦那些活動？一般論者皆以為詩
社等同於詩刊社，以發行詩刊為主要活動，您同意嗎？

　　答：有不定期的談詩會，多方詩人或學者交流，如近期將與蕭蕭
　　　　交換詩評論環境現象。

　　　　每 2 年舉辦一次詩獎，獎掖新人提攜後學。

　　　　詩刊仍是主要的傳播活動，以發表「可讀」的詩與編輯企畫
　　　　製作專題為主。

（二）選題規劃

1.倘若以「古典主義〔抒情〕美學」來定位貴刊，請問您的看法
為何？如果您同意此一說法，那麼您認為在解嚴後迄今貴刊對
台灣詩學最大的貢獻是什麼？（備註：本論文將詩美學粗略分為
現代主義美學、寫實主義美學、古典主義〔抒情〕美學、後現代主
義美學）

答：不能同意。解嚴後百花齊放，我不認為任何主義可以歸納任
何一個詩刊的走向，基本上詩刊與詩作要分開來看，硬是劃
上等號有意識型態上的曲解和危險，詩作要放在美學的框架
上來看，詩不是標語更不是口號。

本刊採企畫編輯方式選題，主動約集稿件，歷任主編如林德
俊等都有傑出的企畫表現。當然對於主動來稿的好詩，我們
也不會放過。

本刊融合古典與現代為一體，是一個新的嘗試，一如太極之
兩儀四相相互生成，目前為止，成績亦可圈可點。

2.解嚴前貴刊完成了那些階段性任務？（若解嚴後才創刊，則不需
答覆）

3.貴刊是否設有編輯委員會？功能何在？與編輯者（主編或總編
輯）關係為何？貴刊稿源為何？您的選題標準又為何？貴刊的核
心價值（理念）能否在刊物中實踐？

答：本刊由總編輯統籌，主編則針對任務而作工作分配，不過古
典詩部分專門由古典詩的主編負責。稿件部分有受到網路媒
體發達而在來稿上趨於和緩的現象。

發刊以來古典現代併於一爐，這是難能可貴的組合，也創造了一個特殊的發行案例。

4.面向全球華文詩壇（包括兩岸三地），貴刊的總體優勢是什麼？劣勢是什麼？您會在編輯策略上怎樣突出貴刊的特色？貴刊潛在的問題，對發展構成威脅的是因素您認為是什麼？

（註：本題受訪者若刊物已停刊者可略）

答：優勢方面來說，我以為詩學或詩運若能行之久遠，才有辦法真的去影響文學的生態，很多暴起暴落的詩社詩刊常常來不及站上一定的能見度便消失殆盡，不足以影響詩壇場域與生態，由於同人們有不小的凝聚力，所以我相信乾坤有此力量行之久遠。

但相對來說，我們的企畫與執行，還是急需加強的一環。

面向華文世界，目前我們所想像到的，就是先提昇本身刊物的質與量。

（三）經營行銷：

1.詩刊經費往往是詩刊命脈所在，在政府補助、店銷、訂戶、同仁集資或其他（贈與、贊助等）的項目中，請說明經費來源？

答：同仁為主。

政府過去亦有經費贊助，只能說聊勝於無，多少補貼一點印製費用，近期費用就我的觀察是日益稀少了。

2.貴刊行銷方式為何？是否市場營收是您發刊時的著重要項，如果不是，向店銷市場發行詩刊的目地是什麼？

答：爭取曝光機會，藉以推廣詩運，一本刊物可能在市場上被翻閱一千次，但被購買的若只有一次，我想，這也是值得的。

3.如果貴刊是興起於解嚴前後的新興詩社刊，那麼貴刊興辦的理由為何？目前是否已經停刊，為何停刊？（未停刊者不需答覆）
如果迄今貴刊仍是按時或不定期出刊，請問現階段貴刊有無明確的出刊目標、以及預期的成效？
答：出版詩作精實並合乎美學為原則，上面提到過，現階段我們能想像的，就是加強企畫能力，挖掘更多優秀的詩作品。

二、個別深度訪談：

1.貴刊採取新詩與古體詩並於一刊，請問當初最大的考量是什麼？
答：現代其實來自古典，時代在改變，詩的型式容許有變化，但卻不是絕對的。
我們極大的考量，仍是詩運的推廣。

2.相較於四大元老詩社，您認為貴刊的優勢何在？在編輯企畫上，四大詩社您認為那一個詩刊最具選題特色。您曾任創世紀主編，居於何種理由，您選擇離開編務？
答：因為刊物年輕，有想法就可以實踐它。同仁不多，組成份子單純。
編輯企畫上台灣詩學、創世紀、笠都有很好的表現。
我當初離開創世紀的編輯台全為課業考量，創世紀相較於其他元老詩社，空間很可以發揮。很多人以為我在創世紀，遇到了跟 80 年代之後陸續交棒的諸多元老詩刊同樣的問題，

　　　　那就是最後還是種種原因回到少數核心者的規劃中。嚴格來
　　　　說，這種現象事實上也造成不少中生代或新人，來來去去，
　　　　漸漸淡出詩社與詩刊的例子也不少。

3.在編輯執行的過程中，什麼是您選題的標準？解嚴前後，作品的
　質與量，就一位文學批評者的角度，您的觀察是什麼？目前執行
　編務，詩社會給您方向上的指示嗎？人情稿相較於自來稿件，處
　理上有無困難？

　答：作品基於編選原則，對同仁稿較寬鬆，但一定還會多作溝
　　　通，尤其對同輩與一些新進詩人。通常編務與社務是分開
　　　的，但當有活動舉辦，會坐下來一併規劃。

　　　解嚴前後台灣新詩技巧上其實進步不大，主要是社會多元
　　　了，彼此更能聆聽對方的聲音，不再像之前充滿肅殺之氣。

附錄七

吳明興（前葡萄園詩刊主編）訪談記錄

受 訪 者：吳明興先生
受訪方式：筆談
回覆時間：2004 年 10 月 2 號

受訪者簡介：

吳明興，民國 47 年 8 月 4 日生。

曾任《葡萄園》詩刊主編、腳印詩刊社同仁、象群詩社社長、《四度空間》詩刊編委、《曼陀羅》詩刊編委、臺北青年畫會藝術顧問、《妙華》佛刊撰述委員、曼陀羅現代詩學研究會副會長、香港文學世界作家詩人聯誼會會員、詩薈社社長、香港當代詩學會會員、江蘇《火帆》詩刊名譽成員、湖南《校園詩歌報》副主編、黑龍江哈爾濱出版社編委、湖南省《意味》詩刊編委、中國散文詩研究會常務理事、圓明出版社總編輯、華梵大學原泉出版社總編輯、如來出版社編輯、中華大乘佛學總編輯、昭明出版社總編輯、雲龍出版社總編輯、知書房出版社總編輯、米娜貝爾出版社總編輯、慧明出版集團總經理兼總編輯、Herefrom.com CEO（執行總裁）。

文化工作成果：

親自「審、編、讀、校、刪、訂、考、潤」出版的叢書有《般若文庫》、《生活禪話叢書》、《薩迦叢書》、《花園叢書》、《密乘法海叢書》、《根本智慧叢書》、《曲肱齋全集》、《流光集叢書》、《大乘叢書》、《昭明文史叢書》、《昭明文藝叢書》、《昭明心理叢書》、《昭明名著叢書》、《頂尖人物叢書》、《科學人文叢書》、《雲龍叢刊》、《佛學叢書》、《famous 叢書》、《全球政經叢書》、《弗洛伊德文集叢書》、《經典叢書》、《人與自然叢書》、《創造叢書》、《新月譯叢》、《花園文庫》、《春秋文庫》等，凡四百餘種。現任香港世界華文詩人協會終身理事、大千文化企業顧問。

寫作成果：

撰述有散文四百餘篇、創作詩三千餘首，已在海內外三百種報刊、雜誌發表大量創作、著述。名列瀋陽出版社版《臺港澳暨海外華文新詩大辭典》、北京學苑版《中國現代抒情名詩鑑賞大辭典》、河南中州古籍版《古今中外朦朧詩鑑賞大辭典》、湖南文藝版《當代臺灣詩萃》、（同上）《散文詩精選》、臺北九歌版《中華現代文學大系》、臺北幼獅版《幼獅文藝四十年大系》、天津人民版《中國文學家大辭典》、四川西南師範大學中國新詩研究所《1996 年卷中國詩歌年鑑》、廣州教育出版社版《20 世紀中國新詩分類鑑賞大系》、北京中國文聯版《地球村的詩報告》。作品已被選入百餘種文選、詩選、年度選，並被香港中文大學譯成英文，省立臺灣美術館製成畫展海報、在新嘉坡被譜成歌曲，並已被寫入多種文學評論專書及文獻，並出版有個人詩集《蓬草心情》。曾獲全國優秀青年詩人獎、第三屆詩粹獎、中國散文詩評選二等獎、甘肅馬年建材盃新詩特別榮譽獎。

一、開放式調查：

（一）組織編制

1.請問您在貴刊實際負責之工作為何？社員之中，實際參與社務或
  編務的人員有多少？
  答：我是在民國 73 年擔任《葡萄園》詩刊執行編輯，74 年擔任
  　　主編，直到 80 年請辭，前後共 7 年之久。在這段期間之中，
  　　我實際負責的工作，主要有約稿、審稿、編輯、專題策劃、
  　　印刷、發行等。至於實際參與社務的人員，除社長等少數人
  　　之外，實際上呈現相當的靜態狀態；又，編務的參與者，實
  　　際上祇有我一個人，以及社長的關懷而已。

2.貴刊專職人員有多少？是否為有給職？貴刊刊期如何設定，理由
  為何？
  答：本刊沒有專職人員，全部都是「義務役」，經費由全部社員
  　　認捐，工作者除出力之外，還得出錢，並沒有分毫支給。又，
  　　本刊為季刊，每三個月發行一期，如有特殊原因，即經費不
  　　足，或其他因素，則以兩期合刊的方式出版，但這種請情形
  　　並不經常發生。

3.對於詩社成員的維繫，詩社常舉辦那些活動？一般論者皆以為詩
  社等同於詩刊社，以發行詩刊為主要活動，您同意嗎？
  答：關於詩社成員的維繫，由社長擔綱，主要的活動是同仁公出
  　　經費聚餐聯誼，聚餐聯誼的成員除同仁外，如有邀請詩友參

加，也祇限於與本社有詩誼者為主。本刊是詩社等同於詩刊社型的社團，因此發行詩刊既是結社的活動的必然結果，更是唯一的目的。

（二）選題規劃

1. 倘若以「古典主義〔抒情〕美學」來定位貴刊，請問您的看法為何？如果您同意此一說法，那麼您認為在解嚴後迄今，貴刊對臺灣詩學最大的貢獻是什麼？（備註：本論文將詩美學粗略分為現代主義美學、寫實主義美學、古典主義〔抒情〕美學、後現代主義美學）

答：本刊在實質上並不倡導任何「主義」，至少在我擔任主編的期間是如此的，不過本刊自有發刊的宗旨，即提倡行文的曉暢可讀，以及內容的健康，這是對晦澀、病態的時代流風的抉擇。

如果勉強要被分類的話，倒是可以說是支持「古典主義〔抒情〕美學」的，原因是對各類不成熟的西式「主義」的唾棄，諸如當時的臺灣並不是一個成熟的現代化社會，缺乏真實的西方式的現代主義意義下的詩美學情境，所以無意於造作「假性」的「現代主義美學」。

至於「寫實主義美學」，在那個動輒被打成「共匪」同路人的時代，我們實在無力去倡導這種「殺頭的事業」，因為那樣做，隨時會被指控為工、農、兵文藝的呼應者，而死得很難看，即使到民國 76 年底解嚴之後，本刊以宏觀的大歷史視域，率先推出發表大陸詩人的專輯「虹橋飛墊」之後，馬上有詩壇的「抓扒仔」到處指控我是「共匪的同路人」，且大有要立刻抓我去「打槍」的「義奮」，祇是說也奇怪，這

批要把我「斃掉」的到處囊括各類「詩歌獎」的「抓扒仔」，過不了多久，卻全都低著頭、曳著尾巴到大陸四處向「寫實主義美學」的「詩老」、「詩少」跪安去了，且不斷的在刊物上發表「圖文並誑」的各類「交換田」式的酬唱詩作，以及「交遊記」等。

又，「後現代主義美學」思潮在甫波及臺灣詩界時，本刊曾對其文獻詳加研閱，也因與本刊的「健康」屬性不相屬，以致將之選擇性的不予附庸。

2. 解嚴前貴刊完成了那些階段性任務？（若解嚴後纔創刊，則不需答覆）

答：本刊既強調詩作在行文上的曉暢可讀，以及創作者心態上的健康，因此，沒有所謂的「階段性任務」，因為這兩項「宗旨」，不論就創作的藝術而言，或就正向的人性來彰顯，都具有恆遠的修為意義。嚴格說來，儘管時代性不同於過去各個歷史階段的各殊情境，以致所刊發的詩作具有必然的時代性，這是毋庸置疑的，但沒有除了創作與人性之外的其他「目的」被外力所賦予，也毋須去完成其他外力所「交辦的任務」。

3. 貴刊是否設有編輯委員會？功能何在？與編輯者（主編或總編輯）關係為何？貴刊稿源為何？您的選題標準又為何？貴刊的核心價值（理念）能否在刊物中實踐？

答：本刊在我主編政期間，沒有編輯委員會，就編務而言，是徹頭徹尾的獨角戲。

本刊稿源主要來源有三：

一、同仁來稿：

　　本刊既然是同仁詩刊，同仁們有提供創作的義務，換句話說，同仁詩刊的本質是在最大的範圍內，實踐同仁們自己出錢發表自己的創作在自家的刊物上，所以在「稿約」上雖然載明「園地公開」，但仍具有程度不等的封閉性格，因此祇要同仁們寄來的詩創作或習作，祇要不是爛得太離譜的話，都有優先揭載的機會。

二、接受外界的投稿：

　　在我擔任主編的期間，來稿量極大，每月都在兩百首以上，一期在六百首到上千首之譜，是常有的事，這在數量上是極度可觀的，所以在沒有編輯委員會的設置之下，我每天都要在工作之餘審閱大量的來稿，並將符合本刊「宗旨」的詩作，盡量排進篇幅有限的版面中，而這是有高度局限性的，因為同仁們自己出錢辦的非市場機制下的商品──詩刊，在沒有任何額外收入的長期困境之中，無論怎樣努力，版面永遠都會受到經費匱乏的限制，以致常有遺珠之憾。

三、專題約稿：

　　本刊雖然是同仁詩刊，但我認為，既然找我出任主編，我總不能長期放任同仁始終停留在對詩祇感到「興趣」的「興趣」上，如果這樣讓同仁誤以為祇要出錢就可以買版面發表爛作品的話，那麼，除了讀者會對本刊同仁的「興趣」失去「興趣」之外，更會對不起讀者把美好的生命浪費在這上頭，因此為了與時代共同脈動，表示對時代的關懷，彰明本刊是社會性的刊物，於是有專題約稿的必要，諸如我對「新詩群的崛起」專題的策劃，便是約稿的產物。

透過對稿源的三個來源的選擇，無非都是為了實踐本刊之所以要公開出版與發行的「核心價值（理念）」。

一、就同仁而言：

可以在共同的理念，即本刊的宗旨之下，一方面有較大的發表習作的機會，一方面有較多的觀摩被刊在本刊中的佳作的機會，以便讓自己在創作藝術及創作心態上健康的發展與精進，避免他們因一廂情願的自閉而墮落成詩壇的魔子魔孫，或歧路蹉跎的幫閒份子，或西方涕唾的摭拾者，乃至於以詩貨名，從而變成政客們私用各種形態的公器如獎金所操弄的刀筆，進而成為與詩創作的生命實踐無關的民膏民脂的非義吞噬者，或成為濫竽學術殿堂的學術與人性的強暴者。

二、就詩創作的藝術而言：

雖然本刊沒有為如何創作現代詩做出任何創作論上的定調，也無意於咬著西方思潮的尾巴，盜用那些從西方文化的真實土壤所必然要長出來的思潮之所以出現在西方世界的哲學性思維的創作概念，而片面誤用或瞎比附一番的樂做某一主義的附庸的附庸——沒有主子認領的三等搖旗吶喊者，但就像前面所提到的，我對陳謙所設定的問題之一的「古典主義美學」觀，是抱持著同情的理解，並在一定程度上予以回應和認同的，但我必須進一步申明的是，我的「古典主義美學」觀是漢文化傳統的生活語言與時俱新的「詩經傳統」，這個傳統本身具有極其內化的、深湛的文化活體的更生能力，而歷來有所不同的，祇是形式與詩人當生生存場景的殊相的差異而已。而這便是本刊「潛在的核心價值」，並且被我在審稿的過程中具體實踐的。

舉例來說，都市詩並不是工業革命現代化之後纔有的詩創作對象，就同做為文學分支的特種文學之一的漢賦而言，把「兩都賦」對都會場景及人文活動的文藝構畫，置諸當今的紐約、東京、倫敦、巴黎，又何有多讓於因地理條件限制而永遠也不可能都會化的臺北？如此一來，與其在新詩創作的審美觀與創作成果的認肯之上，盲目乞靈於與自家文化傳統與自身做為一代人生身場域的實際無關的去偽造巴黎從來就不曾存在的假意象，不若少點「詩特權」的妄想，從自家的古典寶藏中，以無匹的衝創力、開決力、創造力與合理想像的建構力，努力的在可憎的面目上，閉門刮垢，俾便以「後出轉勝」的美學創生力，為自家的顏面增光。

4. 面向全球華文詩壇（包括兩岸三地），貴刊的總體優勢是什麼？劣勢是什麼？您會在編輯策略上怎樣突出貴刊的特色？貴刊潛在的問題，對發展構成威脅的是因素您認為是什麼？（註：本題受訪者若刊物已停刊者可略）

答：誠如我在之前所說的，本刊以宏觀的大歷史視域，在開放大陸政策未幾，即率先推出發表大陸詩人的專輯「虹橋飛甓」，我之所以做出這樣干犯眾忌的歷史性的決定，是有雙重實踐做為在那高度島內自閉的的歷史性轉折之前提的。

一、華文世界觀：

在當時，全世界使用正體（中國文字學的正確術語叫做「正體」，大陸的俗稱叫做「繁體」，這是相對於「簡化漢字」而約定俗成的不正確說法）與簡體漢字的人口，佔全球的四分之一強，但在臺灣，漢語（文盲不會使用漢字，所以概括使用「漢

語」，因為詩具有「言為心聲」的特性，且是口傳文學的大傳統）的使用者，卻祇有百分之二弱，就漢字（現在的說法叫做「華文」）的創作在華人（含仍會使用華語的華裔）的世界來說，即使在島內自封為「祭酒」、為「魔」，其對華人的閱聽的接受度，可以說是極低的，因此，在民國 76 年底開放與最大的華文使用世界的大陸可以透過國際紅十字會間接通信之前，我即以自己的作品以突破「島內自閉與禁忌」的積極態度做試驗，如何讓華語的使用者得以接受在臺灣也使用華語的文字化的華文創作的詩被普遍的接受，而大量對臺灣之外的華文報刊、雜誌發表作品，並且迅速取得驚人的成果，這個成果讓我與海外的華文詩刊、報刊、雜誌及詩人們，取得廣泛的聯繫，並由此把本刊大量贈送出去，同時接受海外詩人的投稿，這同時也引起海外當代華文文藝研究者及學術文獻典藏者的注意，而透過臺灣的的海外圖書經銷業務代理公司，如南天書局，或香港、夏威夷的貿易商訂購本刊，這是本刊在當時得以世界化的優勢。

二、對海外華文詩創作的廣泛吸納：

在本刊面向世界發行的優勢之下（郵資十之八、九由我個人以每餐少吃一碗飯的方式支給），海外詩人的作品紛紛湧向本刊編輯部，這讓我具體且清楚明確的看到當代華文詩藝的多元發展面貌，因此，立即騰出版面予以擇優刊載，雖然那時臺灣的詩界冷眼以對，但我確信當代華文詩作的時空創生座標，絕非片面現象，而是總體趨勢，既然吾人是總體中的一份子，縱使遭到各種一言難盡的顯在困境：詩壇投機者的觀望與耳語、同仁懵然不覺的不予回應與微言、家人對我花費在航空郵資上大

筆支出的不諒解（除了寄送本刊，還買在臺灣出版的詩集寄送給海外詩人，甚至幫他們收集、轉寄臺灣詩刊，轉投他們從本刊資訊欄看到其他報紙副刊、詩刊報導的稿件，及由報紙副刊派給的轉投稿成功的稿費）、稿件信件大量寄到我工作單位造成同事分派的抱怨等，但在我主持編政任內，對這些事我則一概打脫牙齒和血吞概括承受而沒有任何申辯的全盤買單，這份帳單包括我：在後來全線性的退出詩壇、辭去本刊編政、在三十五歲時從工作單位接受「白皮書優惠條例」提早從工作達二十年的崗位上退休，以及後來離開家庭，並且在持續而拒絕再發表的創作中，轉往學術跑道。換言之，生命與生存因詩刊編政而帶來的威脅，在我來說，正足以砥礪我成己成人的學術襟懷，雖然這與跟詩刊的出版學的學術探討，有著正相關的偏離，但我認為主持編政與出版的個人理念，就學理而論，應是出版學的基要元素之一，如果忽略了這個環節，盛載人類文化的各種類型的載體，是不可能自行運作的。

（三）經營行銷

1. 詩刊經費往往是詩刊得以存續的命脈所在，在政府補助、店銷、訂戶、同仁集資或其他（贈與、贊助等）的項目中，請說明經費來源。

   答：在我主持詩刊編政的民國 70 年代，本刊的經費來源，全部出諸於同仁的血汗錢，沒有得到政府一分一毫的補助，即使我個人在 73 年獲得行政院頒發的詩人獎，除了是一張用紅色馬糞紙寫上齜糙的毛筆字的所謂的「獎狀」之外，連一句祝賀的話也沒有，更扯的是那一年在詩人節大會所舉辦的頒獎典禮是由傳統詩學會當值，寫作現代詩的詩壇中人，根本

沒有與會的觀禮者，更甭說有「大官虎」現蹤的影子。

至於店銷，說起來就要讓人在民國 90 年代仍要嘔血三石，因為詩刊的出版，除了寄還給出錢的同仁做交代之外，便是贈送給投稿的作者和圖書館，還要想辦法把存書一廂情願的給送掉。在我主持編政時期，曾計畫透過臺灣報刊雜誌物流體系的市場機轉核心的各種形態的「書報社」，把詩刊賣得跟一般雜誌那樣可以賺錢，乃至成為詩社同仁以出資做為股利分紅的利得，但即使撞破了頭，焦弊了雙唇，不斷的提出具有可行性的市場行銷策略及其異想天開的替代方案，卻總爛額而回，但「書報社」給我的答覆，竟讓我不忍心對他們做出進一步的要求，甚至說出任何有失禮貌性的話，他們畢竟是要活命的呀！怎麼可能強求他們為沒有獲利把握的詩刊發行白費不屬於他們務必要養家活口的力氣呢？祇是我不死心，轉而想，全面鋪貨既然不可能，那麼何不來個各個擊破的戰略，從全臺灣的高等教育中樞，臺灣大學、臺灣師範大學的軸線開始，抱著已經出版的詩刊，風塵僕僕的找書店寄賣，騎著腳踏車，一家找過一家，在持續的找尋中，終於找到願意幫忙賣詩刊的書店，條件卻也簡單：「賣賣看！」那種被市場可能接受的喜悅，可以說比現在中了八億的樂透更有過之而無不及，因此：詩刊上市了。祇是在賣得少有業績的情況下，怎麼會有瓜分營利市場的明天呢？

最後，說到訂戶，不論是一般訂戶、榮譽訂戶、贊助訂戶，他們相等同與同仁的熱情、友情支持，總是教人感動的，雖然其份數祇在數份至數十份之間，但我認為，在那個臺灣經濟剛在起飛的當口，他們做的已經是對現代詩詩志業捨命「相挺」的義舉了。

2. 貴刊行銷方式為何？是否市場營收是您發刊時的著重要項，如果不是，向店銷市場發行詩刊的目地是什麼？

　答：任何刊物之所以能夠在資本社會中存在，完全取決於市場利潤的回饋機制，如不依這個機制運作其志業之經營者，不是夢想家便是空想家，這種簡單的謀生道理，在我主持詩刊編政的時候，就再明白不過了，並曾提出相應的因應策略，且為之撞了滿頭包，然而，事實勝於雄辯，詩刊的市場性，非但不是自己往臉上貼金的「票房毒藥」，因為它對文化慧命的形塑，不但沒有危害性，反而具有宏開文化創新的助益性，所以連當「毒藥」的資格都沒有，有的祇是在這個否棄人的性情之美、性靈之真、情感之善的物化時代的無能為力罷了。所幸賺詩刊的錢，衡諸古今中外，都不是詩人之所以忍不住要用創作去實踐其做為大時代的生命的一份子的原動力，那樣的動力，祇有真正的詩人纔明白，且往往難於與外人道其真章於萬一的。

3. 如果貴刊是興起於解嚴前後的新興詩社刊，那麼貴刊興辦的理由為何？目前是否已經停刊，為何停刊？（未停刊者不需答覆）如果迄今貴刊仍是按時或不定期出刊，請問現階段貴刊有無明確的出刊目標、以及預期的成效？

　答：這不是我的問題。

二、個別深度訪談：

1. 關於「新詩群的崛起」專題的製作，請問當初此一活動發想的緣起，以及推展的經過與評價如何？

答：我雖然傾向於同情及理解「古典主義〔抒情〕美學」觀，並且標出生活語言的「詩經傳統」，但我卻是一個時代感極強且具有未來學視域的反骨型詩刊主編，強調對傳統文化的深層涵養與修為，以做為創新的基肥，而這也正是我的創作觀之一，及實踐創作能力的動能來源，因此，我在這份老同仁刊物上，積極的策劃以同儕社外詩人為主的「新詩群的崛起」專輯，當初的構想是後人的創造力不是源於已死的歷史性的繼承，而是全然的置身於文化史堆肥中的新生，且這新生的根本動機是在新的生命座標中拔出新浪潮的自我期許所使然，它已被證明，具有後出轉勝性，這就是我推展與自我評價的緣起及其結果。

2.當初主編這份標舉「積極、健康、明朗」的刊物時，希望外界對貴刊的定位為何？居於何種理由，您選擇離開編務？

答：積極是做為一個正常的人的基本人生態度，我無法接受不能透過有效論證進而證成其生命之於創作之本質及彰明其意義的模糊假說，所以就詩創作而言，我明白的在詩刊上倡言詩人之所以要去創作的積極態度，而這樣的態度勢必以健康的心態為前提，並從其得以讓人覺得明朗的結果，得到下一波詩潮得以湧生的創造性的肯認，否則，一旦耽溺於生態現象的生態層面，雖汲汲營營於書寫，雖多，亦不過亦奚以為的何必為！

這樣明確且健康的理念，是人性的通則，大可自身自我證立，不必外界來定位，是再明白不過的道理了。

至於我為何離開本刊的編輯檯，在前面已經講得很清楚了，於此不贅。

3. 在編輯執行的過程中，什麼是您選題的標準？解嚴前後，作品（來稿）的質與量您的觀察是什麼？執行主編任期，詩社會給您方向上的指示嗎？人情稿相較於自來稿件，處理上有無困然之處？

答：我的選稿方式，已具詳於「宗旨」的申明中。而解嚴之後的來稿量，臺灣與海外變化不大，但從大陸地區新湧進的作品的總和，一直以幾何方程式的方式凌駕於前者，且自大陸地區在 1978 改革開方以來，不論在質或在量而言，都有逐漸異於教條式作品的衝決開展，這在本刊所選載的作品內容上，可以明白的觀察到。

至於社會性的問題，可以做如下的簡要說明：

首先，詩人除了像所有的人應該是完完全全的社會人之外，他不應該是困在象牙塔中沒有社會生活與生命的活屍骸。

其次，社會活生生的多元文化在詩人處身當下的生命階段中，是其創作的根本營養元，一個秀異的傑出的詩人，必然是能任運化鈞的入乎其中並同時出乎其外的人，而不是精神分裂者，更不是自我逃避從而逃避社會的邊緣人或畸零人。

再次，人的形成，既然是一整全的社會化過程，做為一個詩人，必然要在這一過程之中，如實的掌握自家生命情境的殊相，同時把握一代人所形塑的大生命的共相，以做為何以要遂行其之所以要創作的意念與社會實踐的抱負，否則終日譙譙然於詩文藝的創作，未免有失詩人之所以做為詩人的覺照與自知之明，而這正是廣大的社會讀者所鄙棄的。

最後，在我主編政期間，除同仁稿具有優先採用的考量之外，基本上不刊登任何人情稿，即使同我私誼情同手足的陳謙在當時已跟我學詩多年，我連他的一首詩也不曾私下授與任何版面可知。

附錄八

張國治（前新陸現代詩誌主編）訪談記錄

受 訪 者：張國治先生
受訪方式：筆談
回覆時間：2004 年 10 月 2 號

受訪者簡介：

　　張國治，1957 年出生於福建省金門縣。國立台灣師範大學美術學系畢業。美國芳邦大學（Fontbonne University）藝術碩士（MA）。現為國立台灣藝術大學視覺傳達設計學系專任副教授，並兼任該校多媒體動畫藝術學系、造型藝術研究所。

　　張國治在繪畫、攝影上均有傑出表現，參與多次國內外聯展、個展。另擅長新詩、散文、藝術評論等書寫。曾獲師大現代文學獎新詩首獎、全國學生文學獎大專新詩組第一名、全國優秀青年詩人獎、教育部八十年文藝創作獎、第三十八屆文藝獎章新詩創作獎等。詩作分別選入台灣以及大陸多種選集。著有詩集《帶你回花崗岩島——金門詩鈔‧素描集》等七種，散文集《家鄉在金門》等四種，以及攝影集《暗箱迷彩——張國治視覺意象攝影作品》等。詩作曾被譯為英、日、韓、斯洛伐克語等。曾任：《新陸現代詩誌》主編、《長城詩刊》特編編輯。

一、開放式調查：

（一）組織編制

1.請問您在貴刊實際負責之工作為何？社員之中，實際參與社務或編務的人員有多少？

　答：一九八六年由王志堃、毛襲加……等人創辦的新陸詩社，在一九八七年三月廿九日出版新陸詩刊，共出了四集。一九八八年七月原新陸詩社解散。八月由張國治與王志堃創辦發起改組，邀約其它十位年輕人共十二人組成「新陸現代詩誌社」，八月廿一日成立。詩刊改為「新陸現代詩誌」，革新版第一期（總號第五期）同年十二月卅一日出版。張國治擔任主編，共主編到總號第八期。至一九九一年同仁共有二十九人（王志堃一九九〇年三月二十二日歿，實際參與社務之歷任社長為，王志堃、徐望雲及陳樹信（副社長），編務一直由個人（張國治）擔任。

　　　但革新第三期成立了編審小組徐望雲，楊平，張國治、陳樹信、王志堃、陳佾、唐心田，協助張國治選稿，革新版第四期，由白家華、彭仁鉅協助。

2.貴刊專職人員有多少？是否為有給職？貴刊刊期如何設定，理由為何？

　答：沒有所謂專職人員，大家都是工作之餘，貢獻給詩歌，社長王志堃、主編張國治均為無給職，還自掏腰包，每期自墊兩萬五至四、五萬元不等，原預定為季刊，但因人力、經費之

故，由張國治主編的四期變成每年一期（1988.12.31、
1989.9.25、1990.5.26、1991.2.25（以上為出版日期））

3. 對於詩社成員的維繫，詩社常舉辦那些活動？一般論者皆以為詩
   社等同於詩刊社，以發行詩刊為主要活動，您同意嗎？

   答：舉辦聯誼會（1999.1.1 跨年聯誼會，呆呆居茶藝館）；出刊發
   表會 1989.2.26、1990.10.8；六月‧五人詩展發表會，1998.6.8；
   新陸現代詩學講座 1989.11.19、1990.1.21、1989.12.24、
   1990.2.11；社務會議 1990.4.2.19
   當時的新陸現代詩誌社就是以辦詩誌為主，聯誼為輔。

（二）選題規劃

1. 倘若以「古典主義〔抒情〕美學」來定位貴刊，請問您的看法為
   何？如果您同意此一說法，那麼您認為在解嚴後迄今貴刊對台灣
   詩學最大的貢獻是什麼？

   （備註：本論文將詩美學粗略分為現代主義美學、寫實主義美學、
   　古典主義〔抒情〕美學、後現代主義美學）

   答：如以「古典主義〔抒情〕美學」定位，恐怕仍有些危險性在，
   新陸同仁大多以抒情為主，但混雜了口語詩、寫實詩、新古
   典（純詩）氛圍、實驗詩、超現實詩、後現代詩……等多元
   的風格。在後現代主義中，將挪用古典元素，植入當代中，
   仍應視為一種後現代主義美學，也許新陸某些同仁是所謂的
   「新古典抒情」，但新陸改組時的同仁，如張國治的《憂鬱
   的極限》之後現代詩集出版，王志堃口語詩和寫實詩的寫
   作，都很難界定為「古典主義〔抒情〕」。

2.解嚴前貴刊完成了那些階段性任務？（若解嚴後才創刊，則不需
　答覆）

3.貴刊是否設有編輯委員會？功能何在？與編輯者（主編或總編
　輯）關係為何？　貴刊稿源為何？您的選題標準又為何？貴刊的
　核心價值（理念）能否在刊物中實踐？
　答：一九九○年五月廿六日出版的革新版第三期，設有編審小
　　　組，共八人，負責選稿，與主編關係良好，稿源為台灣、大
　　　陸、全世界使用華文地區的寫詩寫作者，選題標準為詩的語
　　　言、形式、內容均上乘的，實驗性寫作的亦鼓勵。有點像大
　　　植物園主義，又具有後現代邊緣，分散多元的狀態。其核心
　　　價值（如創作與評論之兼顧，結合全世界華文體系的運作，
　　　確實做到相當大的程度，新陸在 90 年代，成為台灣、海外
　　　詩家所讚美的刊物。

4.面向全球華文詩壇（包括兩岸三地），　貴刊的總體優勢是什麼？
　劣勢是什麼？您會在編輯策略上怎樣突出貴刊的特色？貴刊潛
　在的問題，對發展構成威脅的是因素您認為是什麼？
　（註：本題受訪者若刊物已停刊者可略）

（三）經營行銷

1.詩刊經費往往是詩刊命脈所在，在政府補助、店銷、訂戶、同仁
　集資或其他（贈與、贊助等）的項目中，請說明經費來源。
　答：無政府補助，店銷──很難收到錢，有時也不想去收費了，
　　　訂戶很少，贊助的有幾位。同仁每一期少的壹仟、貳仟，大
　　　部份社長、主編攤了。

2.貴刊行銷方式為何？是否市場營收是您發刊時的著重要項，如果
　不是，向店銷市場發行詩刊的目地是什麼？

　答：自行舖點，自行結帳，效果很差，市場營收非著重要項。向
　　　店銷市場發行詩刊的目的是讓詩刊廣為人知。

3 如果貴刊是興起於解嚴前後的新興詩社刊，那麼貴刊興辦的理由
　為何？目前是否已經停刊，為何停刊？（未停刊者不需答覆）
　如果迄今貴刊仍是按時或不定期出刊，請問現階段貴刊有無明確
　的出刊目標、以及預期的成效？

　答：一九八八年改組成立的「新陸現代詩誌」社是一種因緣際
　　　會，居於對詩歌矢志不渝的追求，主要創辦一份具有宏觀視
　　　野，詩美學強，又在裝幀編排設計上十足具有現代精神的精
　　　緻詩刊，企圖很大，對外想積極結合全世界華文體系的運
　　　作，從事現代詩的整理和流通，對內則希望同仁要創作與論
　　　兼顧。
　　　經費及人力問題，是主要停刊的理由。

二、個別深度訪談：

1.在您但任主編的年代，印象最深的專題企畫是什麼？請問當初此
　一活動發想的沿起，以及推展的經過與成效。

　答：專題企畫部分：
　　　新陸現代詩學講座系列
　　　洛夫專輯回顧與展望專輯（1989.11.19）
　　　回顧 80 年代詩壇展望 90 年代現代詩發展（1989.12.24）
　　　西方文學理論對中國現代詩的影響（1990.1.21）

後現代夾縫中的詩刊（1990.2.11）

落實新陸現代詩誌社建構台灣現代詩發展、詩學理論與創作兼顧的想法。其文獻可作為台灣現代詩學文獻參考，在專輯上發表的幾篇論述被列為台灣 90 年代重要論述。

2. 新陸詩刊發行 11 期，前後分為 3 階段，能否簡述一下刊物變遷的經過，從您的觀察中，3 個階段各有何優勢與劣勢？

　答：初期刊物內容顯得年輕化，印刷小巧細緻，易於攜帶。對台灣以外的華文詩壇難有關照。改組後：（張國治主編時期）內容多樣、版圖龐大多樣、稿源容納量大，全面搜尋，整合全世界華文地區詩發及詩作發表。封面內頁版面設計一流。後期（楊平主編時期）新古典詩風為主軸，吸收不少年青詩人。

3. 就詩刊影響層面上，您如何看待元老詩社與新興詩社的選題策略？解嚴前後創刊的新陸，在眾多新興詩社中，於編輯實踐裡，您如何凸顯它與其它新興詩刊如南風、曼陀羅、薪火等之不同？

　答：元老詩刊有其既定的編輯（選題）策略，在台灣新詩（現代詩）發展上論者已有諸多相關論述，此不多加贅述。然而每一種選題策略，自有其追隨者或影響力，問題是詩壇主流論述趨勢為何者？掌握論述權力核心為何？都會構成所謂的影響力。編輯實踐裡，我掌握了我的藝術多元觀，並持開放性、包容性、美學性、穩妥性，堅持一步一腳印的編輯實務。

附錄九

顏艾琳（前薪火陸詩刊社長兼主編）
訪談記錄

受 訪 者：顏艾琳小姐
受訪方式：筆談
回覆時間：2004 年 10 月 4 號

受訪者簡介：

　　顏艾琳，在 1980 年末-1990 年末，曾為薪火詩刊社同仁、主編、
社長。

　　台灣台南下營人，1968 年 9 月 24 日出生，輔仁大學歷史系畢。
現與林煥彰前輩共同擔任韓國文學季刊《詩評》台灣區顧問、中日
文學交流雜誌《藍》台灣現代詩寫詩評；曾獲出版協進會頒發「出
版優秀青年獎」、第一屆台北文學獎散文創作獎、創世紀詩刊 40
週年優選詩作獎、文建會新詩創作優等獎、全國優秀詩人獎等多種
獎項。著有《顏艾琳的祕密口袋》、《已經》、《抽象的地圖》、《骨皮
肉》、《畫月出現的時刻》、《漫畫鼻子》、《黑暗溫泉》、《跟天空玩遊
戲》、《點萬物之名》、《讓詩飛揚起來》、《她方》等。現任聯經出版
公司文學主編。

一、開放式調查：

（一）組織編制

1.請問您在貴刊實際負責之工作為何？社員之中，實際參與社務或
編務的人員有多少？

　答：早期為插畫跟編輯，後來為主編，又後來被推為社長。實際
　　　參與社務或編務的人，在不同階段，大約有 10 至 30 人之間。

2.貴刊專職人員有多少？是否為有給職？貴刊刊期如何設定，理由
為何？

　答：有時一人（我一人負責編務），有時兩三人。通通無給……
　　　有錢時就出，沒錢時休息。

3.對於詩社成員的維繫，詩社常舉辦那些活動？一般論者皆以為詩
社等同於詩刊社，以發行詩刊為主要活動，您同意嗎？

　答：讀詩會、批鬥大會（互相審看詩社同仁的作品）、幫社員慶
　　　生、夜遊清談兼吃吃喝喝、爬山踏青兼閒扯淡……
　　　不太同意。薪火覺得：友情比出詩刊重要。

（二）選題規劃

1.倘若以「古典主義〔抒情〕美學」來定位貴刊，請問您的看法
為何？

　答：不同意！

如果您同意此一說法，那麼您認為在解嚴後迄今貴刊對台灣詩學
最大的貢獻是什麼？

答：詩學？沒有貢獻。敝刊只是提供年輕人另一個發表的舞台。

（備註：本論文將詩美學粗略分為現代主義美學、寫實主義美學、古
典主義〔抒情〕美學、後現代主義美學）

2.解嚴前貴刊完成了那些階段性任務？（若解嚴後才創刊，則不需
答覆）

答：好像沒有耶……

3.貴刊是否設有編輯委員會？功能何在？與編輯者（主編或總編
輯）關係為何？貴刊稿源為何？您的選題標準又為何？貴刊的核
心價值（理念）能否在刊物中實踐？

答：有，審稿用。就是將稿件收齊，通知大家來審稿，並吃吃又
喝喝。

稿源採開放式投稿，不特定選題；但會不定時推出同仁的詩
專題。

理念：寫詩就是年輕時「找爽」的最大出路，我想，不論大
家寫好寫壞，我們都爽過了，算是實踐了吧！

4.面向全球華文詩壇（包括兩岸三地），貴刊的總體優勢是什麼？
劣勢是什麼？您會在編輯策略上怎樣突出貴刊的特色？貴刊潛
在的問題，對發展構成威脅的是因素您認為是什麼？

（註：本題受訪者若刊物已停刊者可略）

答：略………………

（三）經營行銷

1.詩刊經費往往是詩刊命脈所在，在政府補助、店銷、訂戶、同仁集資或其他（贈與、贊助等）的項目中，請說明經費來源。

答：同仁集資或其他（贈與、贊助等），就是這樣。

2.貴刊行銷方式為何？是否市場營收是您發刊時的著重要項，如果不是，向店銷市場發行詩刊的目地是什麼？

答：自己拿書到公館一帶書店寄售，或認識的友人之店家販售；但常常就送給他們，沒有回收書款……

目的：大海撈針法地尋求知音讀者……

3 如果貴刊是興起於解嚴前後的新興詩社刊，那麼貴刊興辦的理由為何？

答：年輕時「找爽」。

目前是否已經停刊，為何停刊？（未停刊者不需答覆）

答：是。因為沒人願意接編，大家都戀愛、結婚、上班去了……生活比詩重要，只好選擇對詩殘酷的方法；或者說，「人」長大後，就玩不起這種隨興的遊戲了。

4.如果迄今貴刊仍是按時或不定期出刊，請問現階段貴刊有無明確的出刊目標、以及預期的成效？

答：略……

二、個別深度訪談：

1.「薪火」詩社出刊的核心價值為何？相較於當時的新興詩社（如新陸、曼陀羅等）貴刊的特色何在？

   答：沒有核心價值吧？！我忘了！好像只為了凝聚一群寫詩者，可以互相取暖；交流生活與閱讀心得……

   特色：自由、清談、無主義、無壓力地喜歡詩……我們是一群邊緣的閒散詩人。

2.相較於四大元老詩社，您認為貴刊的優勢何在？在編輯企畫上，四大詩社您認為那一個詩刊最具選題特色。貴刊基於何種因素決定停刊？時至今日，有無復刊可能？

   答：其他略……復刊，不可能啦。

3.當時在編輯執行的過程中，什麼是您選題的標準？解嚴前後，作品的質與量，就一位編選者與作者的角度，您的觀察是什麼？

   答：只有質感，才是我們評選的唯一標準；但同仁誌麼，有時也得放水給同仁或友人刊登。

附錄十

方群（前珊瑚礁詩社社長兼主編）
訪談記錄

受 訪 者：方群先生
受訪方式：筆談
回覆時間：2004 年 10 月 6 號

受訪者簡介：

　　方群，本名林于弘，1966 年生，台北市人。台北市立師範學院語文教育學系畢業，輔仁大學中文研究所碩士，台灣師範大學國文研究所博士。曾任中小學教師十餘年，現任國立台北師範學學院語文教育系暨台灣文學研究所副教授。

　　一九八四年起正式在刊物上發表作品，並於一九八六年與同好創辦「珊瑚礁詩社」。創作以新詩為主，並兼涉散文、評論及傳統詩。作品曾獲：耕莘文學獎、中華文學獎、優秀青年詩人獎、全國學生文學獎、國軍文藝金像獎、教育部文藝創作獎、藍星詩社屈原詩獎、創世紀四十週年詩創作獎、吳濁流文學獎、臺灣省文學獎、聯合報文學獎、中央日報文學獎、時報文學獎等重要獎

項，並入選各種文學選集。著有詩集:《進化原理》、《文明併發症》，論文《初唐前期詩歌研究》、《解嚴後台灣新詩現象析論》、《台灣新詩分類學》，另編有:《應酬文書》、《大專國文選》、《現代新詩讀本》等書。

一、開放式調查：

（一）組織編制

1.請問您在貴刊實際負責之工作為何？社員之中，實際參與社務或編務的人員有多少？

　答：A.發起人，刊物發行人（1-3 期），首任社長。

　　　B.約十餘人。

　　　C.社團成立為民國 75 年 2 月 27 日，詩刊創刊為同年 4 月 15 日。

2.貴刊專職人員有多少？是否為有給職？貴刊刊期如何設定，理由為何？

　答：A 無專職人員。

　　　B 皆為無給職。

　　　C 雙月刊。刊期太長易喪失凝聚力，太短則擔心編務繁重。

3.對於詩社成員的維繫，詩社常舉辦那些活動？一般論者皆以為詩社等同於詩刊社，以發行詩刊為主要活動，您同意嗎？

　答：A 詩作研討會，或參與其他社團舉辦的公開活動。

　　　B 基本上同意。

（二）選題規劃

1. 倘若以「古典主義〔抒情〕美學」來定位貴刊，請問您的看法為
何？如果您同意此一說法，那麼您認為在解嚴後迄今貴刊對台灣
詩學最大的貢獻是什麼？（備註：本論文將詩美學粗略分為現代
主義美學、寫實主義美學、古典主義〔抒情〕美學、後現代主義
美學）

答：A 若以作品和作者的特質來看，寫實主義美學和古典主義
〔抒情〕美學這二者應該都有。

B 存在一個公開發表的園地，存在另一種未必和主流合流的
聲音，存在一種小眾但獨立的看法。

2. 解嚴前，貴刊完成了那些階段性任務？（若解嚴後才創刊，則不
需答覆）

答：參與詩壇多元化，推動詩運與詩教，探索詩作真善美的典型。

3. 貴刊是否設有編輯委員會？功能何在？與編輯者（主編或總編
輯）關係為何？貴刊稿源為何？您的選題標準又為何？貴刊的核
心價值（理念）能否在刊物中實踐？

答：A.有。審稿。主編為編輯委員會召集人。

B.社員稿（內稿），邀稿、外界自行投稿。

C.內容的意涵與技巧的表現。

D.理念當然存在，但與現實也存在著必然的落差。

4.面向全球華文詩壇（包括兩岸三地），貴刊的總體優勢是什麼？
劣勢是什麼？您會在編輯策略上怎樣突出貴刊的特色？貴刊潛
在的問題，對發展構成威脅的是因素您認為是什麼？
（註：本題受訪者若刊物已停刊者可略）
答：已停刊。

（三）經營行銷

1.詩刊經費往往是詩刊命脈所在，在政府補助、店銷、訂戶、同仁
集資或其他（贈與、贊助等）的項目中，請說明經費來源？
答：同仁集資、訂戶收入、外界捐款。

2.貴刊行銷方式為何？是否市場營收是您發刊時的著重要項，如果
不是，向店銷市場發行詩刊的目地是什麼？
答：A.贈閱、同仁對外推銷。
B.原則上不是，但若能藉銷售以降低成本也未嘗不是一件好
事，然增加讀者及刊物的影響力，應是對外發行的首要目標。

3.如果貴刊是興起於解嚴前後的新興詩社刊，那麼貴刊興辦的理由
為何？目前是否已經停刊，為何停刊？（未停刊者不需答覆）
如果迄今貴刊仍是按時或不定期出刊，請問現階段貴刊有無明確
的出刊目標、以及預期的成效？
答：A.凝聚志同道合者的力量，推廣現代詩的優質詩作與思想。
B.對抗偏狹誤導的詩作形式與創作理念。
C.精進彼此的寫作能力，拓廣影響層面。
已停刊。畢業後社員星散，聯絡不易。

二、個別深度訪談：

1. 「詩人坊」專題的製作？請問當初此一活動發想的沿起，以及推展的經過與評價？

   答：「詩人坊」專題的產生，主要是在回顧5、60年代的代表性詩人。設計的目的是期望藉由這個專題的存在，向前追尋現代詩一路發展而下的脈絡。我們相信歷史是有所承接，但也有所開創，藉由前人的過往反證當今，或許也可以有所啟發。此一專題具備歷史的意義與價值，對於寫作者或閱讀者來說，都具有深切的啟發意義。

2. 當初在出版這份報紙型的刊物時，您希望外界對貴刊的定位為何？貴刊成員中那些人至今依然持續創作，對從校園出發面像詩壇的後起之秀，您認為貴刊提供了那些優缺點可供參照？

   答：A.外界的定位很難估計，但我們希望用作品來證明自己的價值。

   B.方群（林于弘）、漢駱（陳崑榮）（社內）

   紀小樣、陳謙（陳文成）、陳克華、田運良、林群盛、顏艾琳（墨耕）、沙白、徐雁影、陳晨、張國治等。（社外）

   C.維繫一個刊物的運作並不容易，但透過社團的力量仍較個人可觀。

3. 在編輯執行的過程中，什麼是您選題的標準？

   解嚴前後，作品（來稿）的質與量您的觀察是什麼？

   答：A.內容的意涵和技巧的表現

B.以 80 年代末期來說，解嚴前後的作品質量並未有有太大的改變，惟作品的尺度有較為開放的趨勢。

附錄十一

張默（創世紀現任總編輯）訪談記錄

受 訪 者：張默先生
受訪方式：筆談
回覆時間：2004 年 10 月 19 號

受訪者簡介：

　　本名張德中，民國 19 年生，安徽無為人，服務海軍二十餘載。曾創辦《創世紀》詩刊，主編《中華文藝》月刊，目前擔任《創世紀》詩刊總編輯。著有詩集《愛詩》等十二種；詩評集《無塵的鏡子》等六種；編有《小詩選讀》、《八十一年詩選》、《中華現代文學大系》詩卷等。多年來積極推展詩運，不遺餘力；是臺灣現代詩運動中揮汗最多的人物之一。

一、開放式調查：

（一）組織編制

1.請問您在貴刊實際負責之工作為何？社員之中，實際參與社務或
　編務的人員有多少？

答：本人現為總編輯，實際編務執行者不逾四人，但校對則由資
　　深及中生代詩人多人擔任。譬如 140 至 141 期 50 年特大號，
　　即請 8 位同仁輪流校對，儘量減少內容的錯誤。

2.貴刊專職人員有多少？是否為有給職？貴刊刊期如何設定，理由
　為何？

　答：本刊於 1954 年 10 月創刊，一開始即設定為「季刊」，專職
　　人員約二、三人，採主編制，一律無給職。

3.對於詩社成員的維繫，詩社常舉辦那些活動？一般論者皆以為詩
　社等同於詩刊社，以發行詩刊為主要活動，您同意嗎？

　答：大約每年舉辦同仁年會，以定期出版詩刊為主要目的。
　　不定期舉辦小型詩討論會，或同仁出版詩集小聚。
　　近年暑假，不少同仁相約到海外或大陸集體旅遊。

（二）選題規劃

1.倘若以「現代主義美學」來定位　貴刊，請問您的看法為何？如
　果您同意此一說法，那麼您認為在解嚴後迄今貴刊對台灣詩學最
　大的貢獻是什麼？

　（備註：本論文將詩美學粗略分為現代主義美學、寫實主義美學、
　　古典主義〔抒情〕美學、後現代主義美學）

　答：《創世紀》由 1959 年 4 月第 11 期以後開始，一直珍視朝現
　　代化邁進，當期提出詩的「世界性」、「超現實性」、「獨創性」
　　和「純粹性」，一直延續至今。以發掘當代華文優秀詩作為
　　鵠的。如果說對台灣詩最大的貢獻，可以界定提升詩作水
　　準，一直是我們不懈的努力，而無止境。

2. 解嚴前　貴刊完成了那些階段性任務？（若解嚴後才創刊，則不需答覆）

　答：《創世紀》並未設置階段性任務。本刊一直強調詩創作、理論、譯作、史料並重。請你閱讀爾雅版《創世紀詩選》（1984年）的眾多詩作，自可獲得更為清晰的印記。

3. 貴刊是否設有編輯委員會？功能何在？與編輯者（主編或總編輯）關係為何？貴刊稿源為何？您的選題標準又為何？貴刊的核心價值（理念）能否在刊物中實踐？

　答：本刊設有編委會，但主編或總編對來稿有優先決定權。

　　　稿源來自台灣、大陸、海外。

　　　本刊最珍視的還是詩創作，並不時推出「詩壇新秀」，主動彙編新人新作。

4. 面向全球華文詩壇（包括兩岸三地），貴刊的總體優勢是什麼？劣勢是什麼？您會在編輯策略上怎樣突出貴刊的特色？貴刊潛在的問題，對發展構成威脅的因素您認為是什麼？

　（註：本題受訪者若刊物已停刊者可略）

　答：《創世紀》總體的優勢，一直強調精編細校，無分本土外來，各種風格優異的詩作是本刊最努力發掘的，請參看 140-141 期近十年來本刊重要特輯簡表，似可說明一切。

　　　所謂潛在的問題，則是年輕一代想接棒的還需多費心「思量與尋找」。

（三）經營行銷

1.詩刊經費往往是詩刊命脈所在，在政府補助、店銷、訂戶、同仁集資或其他（贈與、贊助等）的項目中，請說明經費來源？

答：台灣所有詩刊都是同仁掏腰包維持生存。

《創世紀》經費來源：同仁年費／文建會訂閱 440 份。（一年）／申請台北市文化局年度藝文補助。／有心人士贊助。

2.貴刊行銷方式為何？是否市場營收是您發刊時的著重要項，如果不是，向市場發行詩刊的目地是什麼？

答：有若干基本訂戶／唐山代銷在「誠品書店」各分店。大陸、海外重要圖書館收藏本刊。

3.如果貴刊是興起於解嚴前後的新興詩社刊，那麼貴刊興辦的理由為何？目前是否已經停刊，為何停刊？（未停刊者不需答覆）如果迄今貴刊仍是按時或不定期出刊，請問現階段貴刊有無明確的出刊目標、以及預期的成效。

答：每年出版四期，即 3 月、6 月、9 月、12 月發行。最近 20 年均未中斷。

二、個別深度訪談：

1.貴刊近年來曾起用新生代（如須文蔚、李進文等）擔任主編，貴刊的考量為何？其編務的工作範圍為何？貴刊新進成員中那些人的作品，您認為他們突出或繼承了創世紀的主體風格。

答：須文蔚、李進文確是新生代很優秀的繼起之秀，他們也或多

或少參與編務，有其嶄新的創意。如「Dear epoch」-創世紀
詩選 1994-2004，就是最佳的說明。目前他們倆都很忙，還
無法投身編務。（編詩刊無酬勞）後起之秀不少，但能無怨
無悔的付出，尚待觀察。

2.解嚴後在編輯執行的過程中，作品（來稿）的質與量，與解嚴
　前相較有何較大的差異？大陸作品的蜂擁而至，貴刊的選題標
　準為何？

　答：1988年解嚴後大陸詩人向本刊投稿者不計其數，每月投稿量
　　　總在上百件以上，難以消化。本刊特闢「大陸詩頁」或刊出
　　　「各省詩人小輯」等等。對大陸詩人是一大鼓勵。何謂標準？
　　　《創世紀》刊登大陸的詩作水準如何，這應該是你論文觀察
　　　的焦點，本人無法作答。

後記

　　1987 年戒嚴令解除，在文學傳播的場域之間，一時眾聲喧嘩，本書藉以開顯的，正是在文學生產作業下，詩刊的選題策略，並探討刊物出版的核心價值與傳播方式、社會變遷以及刊物間的相互關連。

　　文學與社會一直以來皆有其密不可分的關係，詩刊出版對象雖為小眾，但由於寫作者與閱讀者多數重覆，也形成一種特殊的團體傳播現象。

　　本書原為筆者於南華大學出版所碩士論文《解嚴後詩刊選題策略之研究》改定之作，修訂了管理學院對論文要求的若干陋習，並對文本多加引伸。且將書名改訂為《文學生產、傳播與社會：解嚴後詩刊選題策略析論》以求符合我當初寫作的初衷。特別要說明的是，書中附錄「受訪者簡介」部分多數人已有層樓更上的發展，但於本書出版時未改動受訪人的履歷資料，希冀留下歷時性的真實。

　　感謝碩論時期指導教授詩人孟樊與應立志博士，在學術的領域裡，你們是我不斷匍匐前進時暗夜的微光。顧蕙倩學姐原服務於中央日報副刊，對文學傳播知之甚詳，謝謝她對本書精彩的序言與建議。最後該感謝的，是吳明興詩兄，自 1986 年台北教師會館機緣下成為同事，賜給我一枝寫詩的筆，二十多年後，我仍以這枝詩筆取得文學博士的資歷，是意外同時更是驚喜。而這枝詩筆，當然，還要持續不斷的書寫下去。

　　　　陳謙　2010/4/6　寫於中原大學設計學院信樓 109 室

國家圖書館出版品預行編目

文學生產、傳播與社會：解嚴後詩刊選題策略析論
/陳謙著. -- 一版. -- 臺北市：秀威資訊科技，
2010.05
　　面；　　公分. -- (語言文學類；PG0368)
BOD 版
參考書目：面
ISBN 978-986-221-456-5（平裝）

1.臺灣詩　2.期刊　3.編輯

863.5105　　　　　　　　　　　　　99006570

語言文學類　PG0368

文學生產、傳播與社會
——解嚴後詩刊選題策略析論

作　　者 / 陳謙
發 行 人 / 宋政坤
執行編輯 / 胡珮蘭
圖文排版 / 陳湘陵
封面設計 / 蕭玉蘋
數位轉譯 / 徐真玉　沈裕閔
圖書銷售 / 林怡君
法律顧問 / 毛國樑　律師
出版印製 / 秀威資訊科技股份有限公司
　　　　　台北市內湖區瑞光路 583 巷 25 號 1 樓
　　　　　電話：02-2657-9211　　　傳真：02-2657-9106
　　　　　E-mail：service@showwe.com.tw
經 銷 商 / 紅螞蟻圖書有限公司
　　　　　台北市內湖區舊宗路二段 121 巷 28、32 號 4 樓
　　　　　電話：02-2795-3656　　　傳真：02-2795-4100
　　　　　http://www.e-redant.com

2010 年 5 月 BOD 一版
定價：230 元

讀　者　回　函　卡

感謝您購買本書，為提升服務品質，煩請填寫以下問卷，收到您的寶貴意見後，我們會仔細收藏記錄並回贈紀念品，謝謝！

1.您購買的書名：_____

2.您從何得知本書的消息？

　□網路書店　□部落格　□資料庫搜尋　□書訊　□電子報　□書店

　□平面媒體　□ 朋友推薦　□網站推薦 □其他_____

3.您對本書的評價：(請填代號　1.非常滿意 2.滿意 3.尚可 4.再改進)

　封面設計____　版面編排____　內容____　文/譯筆____　價格____

4.讀完書後您覺得：

　□很有收獲　□有收獲　□收獲不多　□沒收獲

5.您會推薦本書給朋友嗎？

　□會　□不會，為什麼？_____

6.其他寶貴的意見：_____

_____

_____

_____

讀者基本資料

姓名：_____　年齡：_____　性別：□女 □男

聯絡電話：_____　E-mail：_____

地址：_____

學歷：□高中(含)以下　　□高中　　□專科學校　　□大學

　　　□研究所(含)以上 □其他_____

職業：□製造業 □金融業 □資訊業 □軍警 □傳播業 □自由業

　　　□服務業 □公務員 □教職　□學生 □其他_____

To：114

台北市內湖區瑞光路 583 巷 25 號 1 樓

秀威資訊科技股份有限公司　　　收

寄件人姓名：

寄件人地址：□□□

(請沿線對摺寄回,謝謝!)

秀威與 BOD

BOD（Books On Demand）是數位出版的大趨勢,秀威資訊率先運用 POD 數位印刷設備來生產書籍,並提供作者全程數位出版服務,致使書籍產銷零庫存,知識傳承不絕版,目前已開闢以下書系:

一、BOD 學術著作—專業論述的閱讀延伸
二、BOD 個人著作—分享生命的心路歷程
三、BOD 旅遊著作—個人深度旅遊文學創作
四、BOD 大陸學者—大陸專業學者學術出版
五、POD 獨家經銷—數位產製的代發行書籍

BOD 秀威網路書店：www.showwe.com.tw
政府出版品網路書店：www.govbooks.com.tw

永不絕版的故事‧自己寫‧永不休止的音符‧自己唱